Dossier Bibliolycée

Annexes

**Dossier pédagogique téléchargeable gratuitement sur :
www.biblio-hachette.com**

Racine faisant la lecture à Louis XIV.

Présentation

Un an s'est écoulé depuis la destruction de Troie par les Grecs. En Épire, dans son palais, Pyrrhus retient prisonnière Andromaque, qu'il a reçue en butin pour s'être couvert de gloire en massacrant les Troyens. Andromaque est la veuve d'Hector, illustre chef troyen tué par le père de Pyrrhus, Achille. Elle est surtout la seule femme que Pyrrhus ne devrait pas aimer. Mais, brûlant d'amour, Pyrrhus brave les interdits, et au risque de déclencher une nouvelle guerre, cette fois contre ses anciens alliés, il néglige la grecque Hermione, sa promise, et offre son trône à Andromaque. Devant le refus de celle-ci, toujours éprise d'Hector et fidèle à sa nation, Pyrrhus menace d'exécuter Astyanax, le fils d'Andromaque et Hector. Mère et toujours amante, Andromaque est face à un dilemme. Doit-elle se joindre à Pyrrhus, et ainsi sauver son fils en trahissant Hector, ou rejeter Pyrrhus pour rester fidèle à Hector, au risque de sacrifier Astyanax ?

Quant à Hermione, follement éprise de Pyrrhus, elle espère toujours le retour de l'infidèle.

Mais, cruellement dédaignée, elle rêve aussi de vengeance. Peut-être Oreste, cet amant qu'elle n'a cessé de repousser, lui permettra-t-il d'oublier Pyrrhus ou de s'en venger ?
Ainsi se noue une chaîne de passions déçues. Oreste brûle pour Hermione qui se meurt pour Pyrrhus, lequel tente de fléchir Andromaque, qui vit dans le souvenir d'Hector. Chaque personnage est asservi à sa passion. Seule Andromaque semble pouvoir choisir et, par sa décision, régler le sort des autres. Aux lendemains de la guerre de Troie, dans ce contexte mythique encore teinté du sang des victimes, saturé de leurs cris d'horreur et du bruit des fers assassins, l'engrenage des passions semble fatal, et la mort, ou la folie, inéluctable.
En novembre 1667, en dépit de quelques critiques regrettant la brutalité de Pyrrhus envers sa captive, *Andromaque* remporte un vif succès. Face à Corneille, son aîné et rival, mais aussi devant le public, Racine s'affirme.
Depuis, la tragédie est, avec *Phèdre*, l'une des plus représentées du théâtre racinien. D'hier à aujourd'hui, la crainte et la pitié que ces personnages font naître, la passion amoureuse violente et interdite comme moteur essentiel de l'action, la finesse psychologique qui fait l'intérêt premier de l'intrigue, enfin la beauté des vers séduisent toujours. Sans doute ces héros sont-ils très différents des personnages de Corneille, maîtres d'eux-mêmes et de leur destin, à la vertu peut-être trop lointaine. Aliénés par leur amour, indécis, emportés, mais entiers, ils nous touchent par leur misère et leurs vains efforts pour y échapper.

Andromaque

Jean Racine

Dédicace de Racine à Madame[1]

MADAME,

Ce n'est pas sans sujet que je mets votre illustre nom à la tête de cet ouvrage. Et de quel autre nom pourrais-je éblouir les yeux de mes lecteurs, que de celui dont mes spectateurs ont été si heureusement éblouis ? On savait que VOTRE ALTESSE ROYALE avait daigné prendre soin de la conduite de ma tragédie. On savait que vous m'aviez prêté quelques-unes de vos lumières pour y ajouter de nouveaux ornements. On savait enfin que vous l'aviez honorée de quelques larmes dès la première lecture que je vous en fis. Pardonnez-moi, MADAME, si j'ose me vanter de cet heureux commencement de sa destinée. Il me console bien glorieusement de la dureté de ceux qui ne voudraient pas s'en laisser toucher. Je leur permets de condamner l'*Andromaque* tant qu'ils voudront, pourvu qu'il me soit permis d'appeler de toutes les subtilités de leur esprit au cœur de VOTRE ALTESSE ROYALE.

note

1. Madame : Henriette-Anne d'Angleterre (1644-1670), épouse de Monsieur, Philippe d'Orléans, frère de Louis XIV.

Dédicace de Racine à Madame

Mais, MADAME, ce n'est pas seulement du cœur[1] que vous jugez de la bonté d'un ouvrage, c'est avec une intelligence qu'aucune fausse lueur ne saurait tromper. Pouvons-nous mettre sur la scène une histoire que vous ne possédiez aussi bien que nous ? Pouvons-nous faire jouer une intrigue dont vous ne pénétriez tous les ressorts ? Et pouvons-nous concevoir des sentiments si nobles et si délicats qui ne soient infiniment au-dessus de la noblesse et de la délicatesse de vos pensées ?

On sait, MADAME, et VOTRE ALTESSE ROYALE a beau s'en cacher, que dans ce haut degré de gloire où la nature et la fortune[2] ont pris plaisir de vous élever, vous ne dédaignez pas cette gloire obscure que les gens de lettres s'étaient réservée. Et il semble que vous ayez voulu avoir autant d'avantage sur notre sexe par les connaissances et par la solidité de votre esprit, que vous excellez dans le vôtre par toutes les grâces qui vous environnent. La Cour vous regarde comme l'arbitre de tout ce qui se fait d'agréable. Et nous, qui travaillons pour plaire au public, nous n'avons plus que faire de demander aux savants si nous travaillons selon les règles[3]. La règle souveraine est de plaire à VOTRE ALTESSE ROYALE.

Voilà sans doute la moindre de vos excellentes qualités. Mais, MADAME, c'est la seule dont j'ai pu parler avec quelque connaissance : les autres sont trop élevées au-dessus de moi. Je n'en puis parler sans les rabaisser par la faiblesse de mes pensées, et sans sortir de la profonde vénération avec laquelle je suis,

MADAME,

DE VOTRE ALTESSE ROYALE

Le très humble, très obéissant

et très fidèle serviteur,

RACINE.

Notes

1. **du cœur :** avec le cœur.
2. **fortune :** sort.
3. **règles :** règles classiques des unités de temps, de lieu et d'action.

Première préface de Racine [1668 et 1673]

VIRGILE AU TROISIÈME LIVRE DE L'*ÉNÉIDE*

C'est Énée qui parle.

Litoraque Epiri legimus, portuque subimus
Chaonio, et celsam Buthroti ascendimus urbem...
Solemnes tum forte dapes et tristia dona...
Libabat cineri Andromache, Manesque vocabat
Hectoreum ad tumulum, viridi quem cespite inanem,
Et geminas, causam lacrimis, sacraverat aras...
Dejecit vultum, et demissa voce locuta est :
« O felix una ante alias Priameïa virgo,
Hostilem ad tumulum, Trojæ sub mœnibus altis,
Jussa mori ! quæ sortitus non pertulit ullos,
Nec victoris heri tetigit captiva cubile.
Nos, patria incensa, diversa per æquora vectæ,
Stirpis Achilleæ fastus, juvenemque superbum,
Servitio enixæ, tulimus, qui deinde secutus
Ledæam Hermionem, Lacedæmoniosque hymenæos...
Ast illum, ereptæ magno inflammatus amore

Conjugis, et scelerum Furiis agitatus, Orestes
Excipit incautum, patriasque obtruncat ad aras. »[1]

Voilà, en peu de vers, tout le sujet de cette tragédie. Voilà le lieu de la scène, l'action qui s'y passe, les quatre principaux acteurs, et même leurs caractères. Excepté celui d'Hermione, dont la jalousie et les emportements sont assez marqués dans l'*Andromaque* d'Euripide.

Mais véritablement mes personnages sont si fameux dans l'Antiquité que, pour peu qu'on la connaisse, on verra fort bien que je les ai rendus tels que les anciens poètes nous les ont donnés. Aussi n'ai-je pas pensé qu'il me fût permis de rien changer à leurs mœurs. Toute la liberté que j'ai prise, ç'a été d'adoucir un peu la férocité de Pyrrhus, que Sénèque, dans sa *Troade*, et Virgile, dans le second de l'*Énéide*, ont poussée beaucoup plus loin que je n'ai cru le devoir faire.

Encore s'est-il trouvé des gens qui se sont plaints qu'il s'emportât contre Andromaque, et qu'il voulût épouser cette captive à quelque prix que ce fût. J'avoue qu'il n'est pas assez résigné à la volonté de sa maîtresse et que Céladon[2] a mieux connu que lui le parfait amour. Mais que faire ? Pyrrhus n'avait pas lu nos romans. Il était violent de son naturel. Et tous les héros ne sont pas faits pour être des Céladons.

Notes

1. *« Nous longeons les côtes d'Épire, nous entrons dans le port de la Chaonie et nous montons vers les hauteurs de la ville de Buthrote* [...]. *Ce jour-là justement, Andromaque présentait en libation aux cendres d'Hector un sacrifice et des offrandes funèbres, et elle invoquait ses mânes près de son tombeau vide, couvert d'un vert gazon, et des deux autels qu'elle avait consacrés ; elle y versait des larmes* [...]. *Elle baissa les yeux et dit à voix basse : "Ô heureuse entre toutes, la vierge, fille de Priam, qui fut condamnée à mourir sur le tombeau d'un ennemi, sous les hautes murailles de Troie ! Elle n'eut à subir aucun partage par le sort, et n'entra point, captive, dans le lit du vainqueur, son maître. Mais nous, une fois notre patrie brûlée transportée sur des mers lointaines, nous avons subi l'orgueil du fils d'Achille, sa morgue juvénile ; nous avons enfanté dans la servitude ; et il s'est ensuite entiché d'Hermione, de la race de Léda, jusqu'à l'épouser, cette Lacédémonienne.* [...] *Alors Oreste, enflammé d'un violent amour pour la fiancée qu'on lui arrachait et harcelé par les Furies vengeresses des crimes, surprend Pyrrhus qui ne se méfiait pas et l'égorge devant les autels paternels"* » (*Énéide*, II, v. 292-293, 301, 303-305, 320-328, 330-332).

2. Céladon : depuis l'*Astrée* d'Honoré d'Urfé, type de l'amoureux platonique.

Quoi qu'il en soit, le public m'a été trop favorable pour m'embarrasser[1] du chagrin particulier de deux ou trois personnes qui voudraient qu'on réformât tous les héros de l'Antiquité pour en faire des héros parfaits. Je trouve leur intention fort bonne de vouloir qu'on ne mette sur la scène que des hommes impeccables. Mais je les prie de se souvenir que ce n'est pas à moi de changer les règles du théâtre. Horace nous recommande de dépeindre Achille[2] farouche, inexorable, violent, tel qu'il était, et tel qu'on dépeint son fils. Et Aristote, bien éloigné de nous demander des héros parfaits, veut au contraire que les personnages tragiques, c'est-à-dire ceux dont le malheur fait la catastrophe de la tragédie, ne soient ni tout à fait bons, ni tout à fait méchants. Il ne veut pas qu'ils soient extrêmement bons, parce que la punition d'un homme de bien exciterait plutôt l'indignation que la pitié du spectateur ; ni qu'ils soient méchants avec excès, parce qu'on n'a point pitié d'un scélérat. Il faut donc qu'ils aient une bonté médiocre[3], c'est-à-dire une vertu capable de faiblesse, et qu'ils tombent dans le malheur par quelque faute qui les fasse plaindre sans les faire détester.

notes

1. pour m'embarrasser : pour que je m'embarrasse.
2. Achille : père de Pyrrhus. Sa mère, la déesse Thétis, l'a trempé dans le Styx pour le rendre invulnérable. Son seul point faible est le talon par lequel elle le tenait. Dans l'*Iliade*, il tue Hector et est lui-même tué par Pâris.
3. médiocre : sens latin non péjoratif de « moyenne ».

Seconde préface de Racine [1676]

VIRGILE AU TROISIÈME LIVRE DE L'*ÉNÉIDE*
C'est Énée qui parle.

Litoraque Epiri legimus, portuque subimus
Chaonio, et celsam Buthroti ascendimus urbem...
Solemnes tum forte dapes et tristia dona...
Libabat cineri Andromache, Manesque vocabat
Hectoreum ad tumulum, viridi quem cespite inanem,
Et geminas, causam lacrimis, sacraverat aras...
Dejecit vultum, et demissa voce locuta est :
« O felix una ante alias Priameïa virgo,
Hostilem ad tumulum, Trojæ sub mœnibus altis,
Jussa mori ! quæ sortitus non pertulit ullos,
Nec victoris heri tetigit captiva cubile.
Nos, patria incensa, diversa per æquora vectæ,
Stirpis Achilleæ fastus, juvenemque superbum,
Servitio enixæ, tulimus, qui deinde secutus
Ledæam Hermionem, Lacedæmoniosque hymenæos...
Ast illum, ereptæ magno inflammatus amore

Andromaque

Conjugis, et scelerum Furiis agitatus, Orestes
Excipit incautum, patriasque obtruncat ad aras. »

Voilà, en peu de vers, tout le sujet de cette tragédie. Voilà le lieu de la scène, l'action qui s'y passe, les quatre principaux acteurs, et même leurs caractères. Excepté celui d'Hermione, dont la jalousie et les emportements sont assez marqués dans l'*Andromaque* d'Euripide.

C'est presque la seule chose que j'emprunte ici de cet auteur. Car, quoique ma tragédie porte le même nom que la sienne, le sujet en est pourtant très différent. Andromaque, dans Euripide, craint pour la vie de Molossus, qui est un fils qu'elle a eu de Pyrrhus et qu'Hermione veut faire mourir avec sa mère. Mais ici il ne s'agit point de Molossus. Andromaque ne connaît point d'autre mari qu'Hector, ni d'autre fils qu'Astyanax. J'ai cru en cela me conformer à l'idée que nous avons maintenant de cette princesse. La plupart de ceux qui ont entendu parler d'Andromaque ne la connaissent guère que pour la veuve d'Hector et pour la mère d'Astyanax. On ne croit point qu'elle doive aimer ni un autre mari, ni un autre fils. Et je doute que les larmes d'Andromaque eussent fait sur l'esprit de mes spectateurs l'impression qu'elles y ont faite, si elles avaient coulé pour un autre fils que celui qu'elle avait d'Hector.

Il est vrai que j'ai été obligé de faire vivre Astyanax un peu plus qu'il n'a vécu ; mais j'écris dans un pays où cette liberté ne pouvait pas être mal reçue. Car, sans parler de Ronsard, qui a choisi ce même Astyanax pour le héros de sa *Franciade*, qui ne sait que l'on fait descendre nos anciens rois de ce fils d'Hector, et que nos vieilles chroniques sauvent la vie à ce jeune prince, après la désolation de son pays, pour en faire le fondateur de notre monarchie ?

Combien Euripide a-t-il été plus hardi dans sa tragédie d'*Hélène* ! Il y choque ouvertement la créance[1] commune de toute la Grèce. Il suppose qu'Hélène[2] n'a jamais mis le pied dans Troie ; et qu'après l'embrasement de cette ville, Ménélas[3] trouve sa femme en Égypte, dont elle n'était point partie. Tout cela fondé sur une opinion qui n'était reçue que parmi les Égyptiens, comme on peut le voir dans Hérodote[4].

Je ne crois pas que j'eusse besoin de cet exemple d'Euripide pour justifier le peu de liberté que j'ai prise. Car il y a bien de la différence entre détruire le principal fondement d'une fable[5], et en altérer quelques incidents, qui changent presque de face dans toutes les mains qui les traitent. Ainsi Achille, selon la plupart des poètes, ne peut être blessé qu'au talon, quoique Homère le fasse blesser au bras et ne le croie invulnérable en aucune partie de son corps. Ainsi Sophocle fait mourir Jocaste[6] aussitôt après la reconnaissance d'Œdipe, tout au contraire d'Euripide, qui la fait vivre jusqu'au combat et à la mort de ses deux fils. Et c'est à propos de quelque contrariété[7] de cette nature qu'un ancien commentateur de Sophocle remarque fort bien, « qu'il ne faut point s'amuser à chicaner les poètes pour quelques changements qu'ils ont pu faire dans la fable ; mais qu'il faut s'attacher à considérer l'excellent usage qu'ils ont fait de ces changements, et la manière ingénieuse dont ils ont su accommoder la fable à leur sujet ».

Notes

1. créance : croyance.
2. Hélène : épouse de Ménélas et mère d'Hermione. Elle est enlevée par Pâris, et, pour la reprendre, les Grecs déclarent la guerre aux Troyens. C'est l'origine de la guerre de Troie.
3. Ménélas : roi de Sparte, frère d'Agamemnon et père d'Hermione. Pour récupérer son épouse Hélène, il déclare la guerre à Troie.
4. Hérodote : historien grec du ve siècle avant J.-C.
5. fable : histoire.
6. Jocaste : mère d'Œdipe, lequel a tué son père et épousé sa mère.
7. contrariété : contradiction.

Andromaque

Personnages

ANDROMAQUE, veuve d'Hector, captive de Pyrrhus.

PYRRHUS, fils d'Achille, roi d'Épire[1].

ORESTE, fils d'Agamemnon[2]. + ambassadeur des grecs auprès de Pyrrhus

HERMIONE, fille d'Hélène, accordée avec [fiancée à] Pyrrhus.

PYLADE, ami d'Oreste.

CLÉONE, confidente d'Hermione.

CÉPHISE, confidente d'Andromaque.

PHŒNIX, gouverneur[3] d'Achille, et ensuite de Pyrrhus. + confident de Pyrrhus

SUITE D'ORESTE.

La scène est à Buthrote, ville d'Épire, dans une salle du palais de Pyrrhus.

notes

1. Épire : royaume grec, au sud-ouest de la Macédoine.
2. Agamemnon : roi de Mycènes et d'Argos, frère de Ménélas et père d'Oreste. Chef des Grecs pendant la guerre de Troie, à son retour il est assassiné par son épouse Clytemnestre et Égisthe, l'amant de celle-ci. Oreste le vengera.
3. gouverneur : précepteur.

Acte 1

Scène 1

ORESTE, PYLADE

passage analysé

ORESTE
Oui, puisque je retrouve un ami si fidèle,
Ma fortune[1] va prendre une face nouvelle ;
Et déjà son courroux[2] semble s'être adouci,
Depuis qu'elle a pris soin de nous rejoindre[3] ici.
Qui l'eût dit, qu'un rivage à mes vœux si funeste[4]
Présenterait d'abord Pylade aux yeux d'Oreste ?
Qu'après plus de six mois que je t'avais perdu,
À la cour de Pyrrhus tu me serais rendu ?

PYLADE
J'en rends grâces au ciel, qui m'arrêtant sans cesse
Semblait m'avoir fermé le chemin de la Grèce,

notes

1. **fortune :** sort.
2. **courroux :** colère.
3. **rejoindre :** réunir.
4. **à mes vœux si funeste :** si fatal à mon amour.

passage analysé

Depuis le jour fatal[1] que[2] la fureur des eaux
Presque aux yeux de[3] l'Épire écarta nos vaisseaux[4].
Combien dans cet exil[5] ai-je souffert d'alarmes[6] !
Combien à vos malheurs ai-je donné de larmes,
Craignant toujours pour vous quelque nouveau danger
Que ma triste amitié ne pouvait partager !
Surtout je redoutais cette mélancolie[7]
Où j'ai vu si longtemps votre âme ensevelie.
Je craignais que le ciel, par un cruel secours,
Ne vous offrît la mort que vous cherchiez toujours.
Mais je vous vois, Seigneur ; et si j'ose le dire,
Un destin plus heureux vous conduit en Épire :
Le pompeux appareil[8] qui suit ici vos pas
N'est point d'un malheureux qui cherche le trépas[9].

ORESTE

Hélas ! qui peut savoir le destin qui m'amène ?
L'amour me fait ici chercher une inhumaine[10].
Mais qui sait ce qu'il doit ordonner de mon sort,
Et si je viens chercher ou la vie ou la mort ?

PYLADE

Quoi ? votre âme à l'amour en esclave asservie
Se repose sur lui du soin de votre vie ?
Par quel charme[11], oubliant tant de tourments soufferts,
Pouvez-vous consentir à rentrer dans ses fers[12] ?
Pensez-vous qu'Hermione, à Sparte[13] inexorable,
Vous prépare en Épire un sort plus favorable ?

notes

1. **fatal :** marqué par la fatalité, le destin.
2. **que :** où.
3. **aux yeux de :** en vue de.
4. **écarta nos vaisseaux :** sépara nos navires.
5. **exil :** séparation.
6. **alarmes :** vives inquiétudes.
7. **mélancolie :** sens fort de « tristesse morbide ».
8. **pompeux appareil :** brillante escorte.
9. **trépas :** mort.
10. **inhumaine :** jeune fille insensible.
11. **charme :** sens fort de « sortilège ».
12. **rentrer dans ses fers :** redevenir son soupirant.
13. **Sparte :** ville grecque dont le roi est Ménélas.

Acte 1, scène 1

passage analysé

Honteux d'avoir poussé[1] tant de vœux superflus,
Vous l'abhorriez[2] ; enfin vous ne m'en parliez plus.
Vous me trompiez, Seigneur.

ORESTE

Je me trompais moi-même.
Ami, n'accable point un malheureux qui t'aime.
T'ai-je jamais caché mon cœur et mes désirs ?
Tu vis naître ma flamme[3] et mes premiers soupirs.
Enfin, quand Ménélas[4] disposa de sa fille
En faveur de Pyrrhus, vengeur de sa famille,
Tu vis mon désespoir ; et tu m'as vu depuis
Traîner de mers en mers ma chaîne et mes ennuis[5].
Je te vis à regret, en cet état funeste,
Prêt à suivre partout le déplorable[6] Oreste,
Toujours de ma fureur interrompre le cours,
Et de moi-même enfin me sauver tous les jours.
Mais quand je me souvins que parmi tant d'alarmes
Hermione à Pyrrhus prodiguait tous ses charmes[7],
Tu sais de quel courroux mon cœur alors épris
Voulut en l'oubliant punir tous ses mépris.
Je fis croire et je crus ma victoire certaine ;
Je pris tous mes transports[8] pour des transports de haine ;
Détestant ses rigueurs, rabaissant ses attraits,
Je défiais ses yeux de me troubler jamais.
Voilà comme je crus étouffer ma tendresse.
En ce calme trompeur j'arrivai dans la Grèce ;
Et je trouvai d'abord ses princes rassemblés,
Qu'un péril assez grand semblait avoir troublés.

notes

1. **poussé** : exprimé avec force.
2. **abhorriez** : détestiez.
3. **flamme** : amour.
4. **Ménélas** : roi de Sparte, époux d'Hélène, père d'Hermione.
5. **ennuis** : sens fort de « profonds chagrins ».
6. **déplorable** : pitoyable.
7. **charmes** : ici, le mot est à prendre dans son sens positif.
8. **transports** : mouvements du cœur, sentiments.

passage analysé

J'y courus. Je pensai que la guerre et la gloire
De soins[1] plus importants rempliraient ma mémoire ;
Que, mes sens reprenant leur première vigueur,
L'amour achèverait de sortir de mon cœur.
Mais admire avec moi le sort dont la poursuite
Me fait courir alors au piège que j'évite.
J'entends de tous côtés qu'on menace Pyrrhus ;
Toute la Grèce éclate en murmures confus ;
On se plaint qu'oubliant son sang[2] et sa promesse
Il élève en sa Cour l'ennemi de la Grèce,
Astyanax, d'Hector jeune et malheureux fils,
Reste de tant de rois sous Troie ensevelis.
J'apprends que pour ravir son enfance au supplice
Andromaque trompa l'ingénieux Ulysse[3],
Tandis qu'un autre enfant, arraché de ses bras,
Sous le nom de son fils fut conduit au trépas.
On dit que, peu sensible aux charmes d'Hermione,
Mon rival porte ailleurs son cœur et sa couronne ;
Ménélas, sans le croire, en paraît affligé,
Et se plaint d'un hymen[4] si longtemps négligé.
Parmi les déplaisirs où son âme se noie,
Il s'élève en la mienne une secrète joie :
Je triomphe ; et pourtant je me flatte d'abord
Que la seule vengeance excite ce transport.
Mais l'ingrate en mon cœur reprit bientôt sa place :
De mes feux[5] mal éteints je reconnus la trace ;
Je sentis que ma haine allait finir son cours,
Ou plutôt je sentis que je l'aimais toujours.
Ainsi de tous les Grecs je brigue le suffrage.

notes

1. soins : préoccupations.
2. sang : famille, race.
3. Ulysse : roi d'Ithaque ; il imagine le stratagème du cheval de bois et occasionne la chute de Troie.
4. hymen : mariage.
5. feux : passion amoureuse.

Acte 1, scène 1

On m'envoie à Pyrrhus : j'entreprends ce voyage.
Je viens voir si l'on peut arracher de ses bras
Cet enfant dont la vie alarme tant d'États :
Heureux si je pouvais, dans l'ardeur qui me presse,
Au lieu d'Astyanax lui ravir ma princesse !
Car enfin n'attends pas que mes feux redoublés
Des périls les plus grands puissent être troublés.
Puisqu'après tant d'efforts ma résistance est vaine,
Je me livre en aveugle au destin qui m'entraîne.
J'aime : je viens chercher Hermione en ces lieux,
La fléchir, l'enlever, ou mourir à ses yeux.
Toi qui connais Pyrrhus, que penses-tu qu'il fasse ?
Dans sa Cour, dans son cœur, dis-moi ce qui se passe.
Mon Hermione encor[1] le tient-elle asservi ?
Me rendra-t-il, Pylade, un bien qu'il m'a ravi ?

PYLADE

Je vous abuserais si j'osais vous promettre
Qu'entre vos mains, Seigneur, il voulût la remettre ;
Non que de sa conquête il paraisse flatté ;
Pour la veuve d'Hector ses feux ont éclaté :
Il l'aime. Mais enfin cette veuve inhumaine
N'a payé jusqu'ici son amour que de haine ;
Et chaque jour encore on lui voit tout tenter
Pour fléchir sa captive, ou pour l'épouvanter.
De son fils, qu'il lui cache, il menace la tête,
Et fait couler des pleurs, qu'aussitôt il arrête.
Hermione elle-même a vu plus de cent fois
Cet amant[2] irrité revenir sous ses lois,
Et, de ses vœux troublés lui rapportant l'hommage,
Soupirer à ses pieds moins d'amour que de rage.

passage analysé

notes

1. **encor** : encore ; le e final est supprimé pour éviter une syllabe supplémentaire.

2. **amant** : soupirant.

Ainsi n'attendez pas que l'on puisse aujourd'hui
Vous répondre d'un cœur si peu maître de lui :
Il peut, Seigneur, il peut, dans ce désordre extrême,
Épouser ce qu'il hait, et punir ce qu'il aime.

ORESTE
Mais dis-moi de quel œil Hermione peut voir
Son hymen différé, ses charmes sans pouvoir ?

PYLADE
Hermione, Seigneur, au moins en apparence,
Semble de son amant dédaigner l'inconstance,
Et croit que, trop heureux de fléchir sa rigueur,
Il la viendra presser de reprendre son cœur.
Mais je l'ai vue enfin me confier ses larmes.
Elle pleure en secret le mépris de ses charmes.
Toujours prête à partir et demeurant toujours,
Quelquefois elle appelle Oreste à son secours.

ORESTE
Ah ! si je le croyais, j'irais bientôt, Pylade,
Me jeter...

PYLADE
Achevez, Seigneur, votre ambassade[1].
Vous attendez le Roi. Parlez, et lui montrez
Contre le fils d'Hector tous les Grecs conjurés.
Loin de leur accorder ce fils de sa maîtresse[2],
Leur haine ne fera qu'irriter[3] sa tendresse.
Plus on les veut brouiller, plus on va les unir.
Pressez[4], demandez tout, pour ne rien obtenir.
Il vient.

passage analysé

notes

1. **ambassade :** mission d'ambassadeur.
2. **maîtresse :** femme aimée.
3. **irriter :** rendre plus vive.
4. **pressez :** montrez-vous pressant.

Acte 1, scène 1

ORESTE

Hé bien ! va donc disposer la cruelle
À revoir un amant qui ne vient que pour elle.

suite, p. 36

Pylade (Jean Reno) et Oreste (Richard Berry) dans la mise en scène de Roger Planchon (1989).

Une ouverture passionnée et funeste

Lecture analytique de la scène 1 de l'acte I, pp. 17 à 23.

Stratégique, l'exposition d'une pièce de théâtre est l'objet de toutes les attentions, celles du dramaturge et des spectateurs. En effet, elle remplit une double fonction : informer et intéresser le public. Elle s'achève quand celui-ci détient toutes les informations nécessaires à la compréhension de l'intrigue : indispensables renseignements antérieurs au lever du rideau, données de l'intrigue, premier éclairage sur les principaux personnages et indices sur le déroulement de la pièce, son registre* et son genre.

En l'absence de narrateur sur scène, l'exposition est prise en charge par les personnages, dont les propos, au-delà de cette fonction, ont un but immédiat, lié à la situation présente. Aussi l'exposition est-elle indissociable de l'action dramatique*, et le problème du dramaturge est de les concilier toutes deux, de renseigner et de plaire.

Dans la première scène d'*Andromaque*, les retrouvailles d'Oreste et de Pylade offrent une ouverture riche en révélations. Oreste, fils d'Agamemnon, retrouve Pylade, l'ami cher dont il a été longtemps séparé. À celui-ci, il avoue s'être fait l'ambassadeur des Grecs auprès de Pyrrhus, roi d'Épire, dans le seul but de conquérir Hermione. En effet, celle qu'il aime depuis toujours en vain est promise à Pyrrhus, mais se voit préférer Andromaque.

Ainsi, ces retrouvailles sont l'occasion de raconter le passé et d'expliquer la situation présente. À travers ce dialogue, un contexte historique prestigieux est mis en place. Les personnages sont illustres, et le destin est prêt à s'accomplir. D'emblée, Oreste est désigné comme une victime malheureuse, esclave de son amour pour Hermione. Mais cette passion fatale semble posséder aussi les autres personnages, présage de l'issue de la pièce.

* *Cf.* Lexique.

Scène 1 de l'acte 1, pp. 17 à 23

Un contexte historique prestigieux

❶ Où et quand se déroule l'action ?
❷ Qui sont les deux personnages présents ? Quels sont ceux évoqués ?
❸ Relevez les références au contexte historique et politique ainsi que les événements indispensables à la compréhension de l'intrigue.
❹ Quels procédés* contribuent à donner vie et à rendre dramatique* le récit d'Oreste (v. 37-104) ?

Sous le signe d'un funeste destin

❺ Relevez les termes appartenant au champ lexical* de la fatalité.
❻ Quels éléments désignent Oreste comme la victime d'un destin malheureux ?
❼ Quels sont les différents scénarios possibles de la suite des événements ?
❽ En quoi cette première scène relève-t-elle du genre de la tragédie ?
❾ Quels sont les registres* convoqués ? Justifiez votre réponse.

La passion amoureuse : un ressort tragique* essentiel

❿ Pourquoi Oreste s'est-il fait l'ambassadeur des Grecs auprès de Pyrrhus ?
⓫ Quels sont les termes employés pour décrire la passion amoureuse ?
⓬ En quoi la passion amoureuse s'annonce-t-elle comme un ressort essentiel de l'action dramatique* ?

* *Cf.* Lexique.

Des scènes d'exposition

Lectures croisées et travaux d'écriture

L'exposition s'étend sur une ou plusieurs scènes, parfois un acte entier. Celle du *Tartuffe* de Molière, close au troisième acte, est une exception, destinée à retarder l'apparition du personnage éponyme*. Mais, toujours, la première scène est essentielle et concentre sur elle la difficulté majeure de l'exposition : concilier la part de narration indispensable et la nécessaire entrée en action. En effet, le dramaturge doit suffisamment informer le spectateur pour la bonne compréhension de l'intrigue, tout en engageant l'action afin d'éviter un trop grand statisme et le désintérêt.

À l'époque classique*, quatre types d'expositions ont cours. Si les dramaturges – Racine en particulier – choisissent souvent de faire jouer dans la scène première un héros et son confident, d'autres formules existent. Avec plus de variété que son rival et pas moins de succès, Corneille a montré que celles-ci sont tout aussi efficaces. Voici, pour exemples, les premières scènes de trois de ses tragédies. *Nicomède* s'ouvre sur une conversation entre deux personnages principaux, tandis que *Rodogune* débute par le dialogue de deux personnages secondaires. Enfin, *Cinna* offre un cas moins fréquent, car plus statique : le monologue du personnage principal.

Texte A : Scène 1 de l'acte I d'*Andromaque* de Jean Racine (pp. 17-23)

Texte B : Pierre Corneille, *Nicomède*

Avec Nicomède, *jouée en 1651, Corneille (1606-1684) signe l'une de ses tragédies politiques les plus abouties. Il a cherché à y peindre* « la politique des Romains au-dehors » *et leur manière impérieuse d'agir avec les rois qui étaient leurs alliés* (cf. « Au lecteur »)*. Dans la scène d'exposition, Nicomède, le fils aîné du roi de Bithynie Prusias, s'entretient avec la reine d'Arménie, Laodice.*

* *Cf.* Lexique.

LAODICE
Après tant de hauts faits, il m'est bien doux, Seigneur,
De voir encor mes yeux régner sur votre cœur,
De voir, sous les lauriers qui vous couvrent la tête,
Un si grand conquérant être encor ma conquête,
Et de toute la gloire acquise à ses travaux[1]
Faire un illustre hommage à ce peu que je vaux.
Quelques biens toutefois que le ciel me renvoie[2],
Mon cœur épouvanté se refuse à la joie :
Je vous vois à regret, tant mon cœur amoureux
Trouve la Cour pour vous un séjour dangereux.
Votre marâtre[3] y règne, et le Roi votre père
Ne voit que par ses yeux, seule la considère,
Pour souveraine loi n'a que sa volonté :
Jugez après cela de votre sûreté.
La haine que pour vous elle a si naturelle[4]
À mon occasion encor se renouvelle.
Votre frère son fils, depuis peu de retour...
NICOMÈDE
Je le sais, ma princesse, et qu'il vous fait la cour,
Je sais que les Romains, qui l'avaient en otage,
L'ont enfin renvoyé pour un plus digne ouvrage,
Que ce don à sa mère était le prix fatal
Dont[5] leur Flaminius[6] marchandait Annibal[7],
Que le Roi par son ordre eût livré ce grand homme,
S'il n'eût par le poison lui-même évité Rome,
Et rompu par sa mort les spectacles pompeux[8]
Où[9] l'effroi de son nom le destinait chez eux.
Par mon dernier combat je voyais réunie
La Cappadoce entière avec la Bithynie,
Lorsqu'à cette nouvelle, enflammé de courroux[10]
D'avoir perdu mon maître et de craindre pour vous,
J'ai laissé mon armée aux mains de Théagène,
Pour voler en ces lieux, au secours de ma reine.
Vous en aviez besoin, Madame, et je le voi,
Puisque Flaminius obsède[11] encor le Roi.
Si de son arrivée Annibal fut la cause,
Lui mort, ce long séjour prétend[12] quelque autre chose,

Et je ne vois que vous qui le puisse[13] arrêter,
Pour aider à mon frère à vous persécuter.

LAODICE
Je ne veux point douter que sa vertu romaine
N'embrasse avec chaleur l'intérêt de la Reine :
Annibal, qu'elle vient de lui sacrifier,
L'engage en sa querelle et m'en fait défier.
Mais, Seigneur, jusqu'ici j'aurais tort de m'en plaindre ;
Et quoi qu'il entreprenne, avez-vous lieu de craindre ?
Ma gloire et mon amour peuvent bien peu sur moi,
S'il faut votre présence à[14] soutenir ma foi[15],
Et si je puis tomber en cette frénésie
De préférer Attale[16] au vainqueur de l'Asie,
Attale, qu'en otage ont nourri les Romains,
Ou plutôt qu'en esclave ont façonné leurs mains,
Sans lui rien mettre au cœur qu'une crainte servile
Qui tremble à voir une aigle[17], et respecte un édile[18] !

NICOMÈDE
Plutôt, plutôt la mort, que mon esprit jaloux
Forme des sentiments si peu dignes de vous.
Je crains la violence, et non votre faiblesse ;
Et si Rome une fois contre nous s'intéresse[19]...

LAODICE
Je suis reine, Seigneur ; et Rome a beau tonner,
Elle ni votre roi n'ont rien à m'ordonner :
Si de mes jeunes ans il est dépositaire,
C'est pour exécuter les ordres de mon père,
Il[20] m'a donnée à vous, et nul autre que moi
N'a droit de l'en dédire, et me choisir un roi.
Par son ordre et le mien, la reine d'Arménie
Est due à l'héritier du roi de Bithynie,
Et ne prendra jamais un cœur assez abjet[21]
Pour se laisser réduire à l'hymen[22] d'un sujet.
Mettez-vous en repos.

NICOMÈDE
Et le puis-je, Madame,
Vous voyant exposée aux fureurs d'une femme,
Qui, pouvant tout ici, se croira tout permis

Pour se mettre en état de voir régner son fils ?
Il n'est rien de si saint qu'elle ne fasse enfreindre.
Qui livrait Annibal pourra bien vous contraindre,
Et saura vous garder même fidélité
Qu'elle a gardée aux droits de l'hospitalité.

LAODICE

Mais ceux de la nature[23] ont-ils un privilège
Qui vous assure d'elle après ce sacrilège ?
Seigneur, votre retour, loin de rompre ses coups,
Vous expose vous-même, et m'expose après vous.
Comme il est fait sans ordre, il passera pour crime,
Et vous serez bientôt la première victime
Que la mère et le fils, ne pouvant m'ébranler,
Pour m'ôter mon appui se voudront immoler.
Si j'ai besoin de vous de peur qu'on me contraigne,
J'ai besoin que le Roi, qu'elle-même vous craigne.
Retournez à l'armée, et pour me protéger
Montrez cent mille bras tous prêts à me venger.
Parlez la force en main, et hors de leur atteinte :
S'ils vous tiennent ici, tout est pour eux sans crainte,
Et ne vous flattez point ni sur votre grand cœur,
Ni sur l'éclat d'un nom cent et cent fois vainqueur.
Quelque haute valeur que puisse être la vôtre,
Vous n'avez en ces lieux que deux bras comme un autre,
Et fussiez-vous du monde et l'amour et l'effroi,
Quiconque entre au palais porte sa tête au Roi.
Je vous le dis encor, retournez à l'armée,
Ne montrez à la Cour que votre renommée,
Assurez votre sort pour assurer le mien,
Faites que l'on vous craigne, et je ne craindrai rien.

NICOMÈDE

Retourner à l'armée ! Ah ! sachez que la Reine
La sème d'assassins achetés par sa haine.
Deux s'y sont découverts, que j'amène avec moi
Afin de la convaincre et détromper le Roi.
Quoiqu'il soit son époux, il est encor mon père,
Et quand il forcera la nature à se taire[24],
Trois sceptres à son trône attachés par mon bras

Parleront au lieu d'elle[25], et ne se tairont pas.
Que[26] si notre fortune[27] à ma perte animée
La prépare à la Cour aussi bien qu'à l'armée,
Dans ce péril égal qui me suit en tous lieux
M'envierez-vous[28] l'honneur de mourir à vos yeux ?

LAODICE

Non, je ne vous dis plus désormais que je tremble,
Mais que, s'il faut périr, nous périrons ensemble.
Armons-nous de courage, et nous ferons trembler
Ceux dont les lâchetés pensent nous accabler.
Le peuple ici vous aime, et hait ces cœurs infâmes,
Et c'est être bien fort que régner sur tant d'âmes.
Mais votre frère Attale adresse ici ses pas.

NICOMÈDE

Il ne m'a jamais vu, ne me découvrez pas.

Pierre Corneille, *Nicomède*, scène 1 de l'acte I, 1651.

1. à ses travaux : par ses exploits. **2. me renvoie :** m'envoie de nouveau des biens après ne m'avoir envoyé que des maux. **3. marâtre :** femme du père, par rapport aux enfants qu'il a eus d'un premier mariage. **4. elle a si naturelle :** sous-entendu « aux marâtres ». **5. dont :** auquel. **6. Flaminius :** ambassadeur des Romains. **7. Annibal :** réfugié à la cour du roi Prusias, ce farouche opposant aux Romains devait leur être livré en échange du second fils de Prusias. Il se suicida pour leur échapper. **8. pompeux :** de la pompe du cortège. **9. où :** auxquels. **10. courroux :** colère. **11. obsède :** accapare toute l'attention en vue d'obtenir ce qu'il veut. **12. prétend :** a pour objet. **13. qui le puisse :** qui le puissiez. **14. à :** pour. **15. foi :** fidélité. **16. Attale :** second fils de Prusias. **17.** L'*aigle* était le symbole de l'État romain. **18.** Les *édiles* assuraient les fonctions de conseillers municipaux. **19. s'intéresse :** prend parti. **20. il :** le père de Laodice. **21. abjet :** abject (orthographe conforme à la prononciation de l'époque). **22. hymen :** mariage. **23. ceux de la nature :** les droits de la nature. Nicomède est le fils de Prusias. **24.** Même s'il refuse d'écouter l'amour paternel. **25. elle :** la nature. **26. Que :** si donc. **27. fortune :** destin. **28. m'envierez-vous :** me refuserez-vous.

Texte C : Pierre Corneille, *Rodogune*

Représentée en 1644,* Rodogune, princesse des Parthes *est également une tragédie politique. Son titre aurait pu être* Cléopâtre, *mais Corneille a craint la confusion avec la célèbre reine d'Égypte. Ici, Cléopâtre est reine de Syrie. Cette* « seconde Médée », *telle que la désigne l'auteur, a deux fils jumeaux, Séleucus et Antiochus, dont l'un doit lui succéder. Quant à Rodogune, jusque-là prisonnière, elle doit épouser le futur roi. Mais Cléopâtre fera tout pour conserver l'exclusivité du pouvoir. À l'ouverture de la pièce, aucun de ces personnages principaux n'apparaît. Deux personnages secondaires s'entretiennent : Laonice, la confidente de Cléopâtre, et Timagène, le gouverneur des deux princes.

LAONICE
Enfin ce jour pompeux[1], cet heureux jour nous luit,
Qui d'un trouble si long doit dissiper la nuit,
Ce grand jour où l'hymen, étouffant la vengeance,
Entre le Parthe[2] et nous remet l'intelligence,
Affranchit sa princesse, et nous fait pour jamais
Du motif de la guerre un lien de la paix ;
Ce grand jour est venu, mon frère, où notre reine,
Cessant de plus tenir la couronne incertaine,
Doit rompre aux yeux de tous son silence obstiné,
De deux princes gémeaux[3] nous déclarer l'aîné ;
Et l'avantage seul d'un moment de naissance,
Dont elle a jusqu'ici caché la connaissance,
Mettant au plus heureux le sceptre dans la main,
Va faire l'un sujet, et l'autre souverain.
Mais n'admirez-vous point que cette même reine
Le donne pour époux à l'objet de sa haine,
Et n'en doit faire un roi qu'afin de couronner
Celle que dans les fers elle aimait à gêner[4] ?
Rodogune, par elle en esclave traitée,
Par elle se va voir sur le trône montée,
Puisque celui des deux qu'elle nommera roi
Lui doit donner sa main et recevoir sa foi.
TIMAGÈNE
Mais pour mieux admirer, trouvez bon, je vous prie,
Que j'apprenne de vous les troubles de Syrie.
J'en ai vu les premiers, et me souviens encor
Des malheureux succès du grand roi Nicanor[5],
Quand, des Parthes vaincus pressant l'adroite fuite,
Il tomba dans leurs fers au bout de sa poursuite.
Je n'ai pas oublié que cet événement
Du perfide Tryphon[6] fit le soulèvement.
Voyant le Roi captif, la Reine désolée,
Il crut pouvoir saisir la couronne ébranlée,
Et le sort, favorable à son lâche attentat,
Mit d'abord sous ses lois la moitié de l'État.
La Reine, craignant tout de ces nouveaux orages,
En sut mettre à l'abri ses plus précieux gages[7] ;

Et, pour n'exposer pas l'enfance de ses fils,
Me les fit chez son frère enlever à Memphis.
Là, nous n'avons rien su que de la renommée,
Qui, par un bruit confus diversement semée,
N'a porté jusqu'à nous ces grands renversements
Que sous l'obscurité de cent déguisements.

LAONICE

Sachez donc que Tryphon, après quatre batailles,
Ayant su nous réduire à ces seules murailles,
En forma tôt le siège ; et pour comble d'effroi,
Un faux bruit s'y coula touchant la mort du Roi.
Le peuple épouvanté, qui déjà dans son âme
Ne suivait qu'à regret les ordres d'une femme,
Voulut forcer la Reine à choisir un époux.
Que pouvait-elle faire et seule et contre tous ?
Croyant son mari mort, elle épousa son frère.
L'effet montra soudain ce conseil salutaire.
Le prince Antiochus[8], devenu nouveau roi,
Sembla de tous côtés traîner l'heur avec soi :
La victoire attachée au progrès de ses armes
Sur nos fiers ennemis rejeta nos alarmes,
Et la mort de Tryphon dans un dernier combat,
Changeant tout notre sort, lui rendit tout État.
Quelque promesse alors qu'il eût faite à la mère
De remettre ses fils au trône de leur père,
Il témoigna si peu de la vouloir tenir,
Qu'elle n'osa jamais les faire revenir.
Ayant régné sept ans, son ardeur militaire
Ralluma cette guerre où succomba son frère.
Il attaqua le Parthe, et se crut assez fort
Pour en venger sur lui la prison et la mort.
Jusque dans ses États il lui porta la guerre,
Il s'y fit partout craindre à l'égal du tonnerre,
Il lui donna bataille, où mille beaux exploits...
Je vous achèverai le reste une autre fois,
Un des princes survient.

Pierre Corneille, *Rodogune*, scène 1 de l'acte I, 1644.

1. pompeux : solennel et majestueux. **2. le Parthe :** le peuple parthe, longtemps en guerre contre la Syrie. **3. gémeaux :** jumeaux. **4. gêner :** torturer. **5. Nicanor :** époux de Cléopâtre, père de Séleucus et Antiochus. 6. **Tryphon** : traître qui profite de la captivité du roi Nicanor pour tenter d'usurper le pouvoir. **7.** Gages de l'État. **8.** Le frère du roi et son fils portent le même nom.

Texte D : Pierre Corneille, *Cinna*

***Cinna ou la Clémence d'Auguste** est représentée en 1641. C'est une tragédie politique à sujet romain, dont l'issue est heureuse : par un* **« effort extraordinaire de clémence »**, *Auguste pardonne à Cinna, et à Émilie, la conjuration montée contre lui. Au lever du rideau, le spectateur découvre Émilie, seule sur scène. Le père de cette dernière a été proscrit par Auguste. Émilie n'aspire qu'à se venger. Elle est à l'origine du complot, dans lequel elle entraîne son amant Cinna.*

ÉMILIE
Impatients désirs d'une illustre vengeance
Dont la mort de mon père a formé la naissance,
Enfants impétueux de mon ressentiment,
Que ma douleur séduite[1] embrasse aveuglément,
Vous prenez sur mon âme un trop puissant empire ;
Durant quelques moments souffrez que je respire,
Et que je considère, en l'état où je suis,
Et ce que je hasarde et ce que je poursuis.
Quand je regarde Auguste au milieu de sa gloire,
Et que vous reprochez à ma triste mémoire
Que par sa propre main mon père massacré
Du trône où je le vois fait le premier degré[2],
Quand vous me présentez cette sanglante image,
La cause de ma haine, et l'effet de sa rage,
Je m'abandonne toute à vos ardents transports[3],
Et crois, pour une mort, lui devoir mille morts.
Au milieu toutefois d'une fureur si juste,
J'aime encor plus Cinna que je ne hais Auguste,
Et je sens refroidir ce bouillant mouvement
Quand il faut, pour le[4] suivre, exposer mon amant.
Oui, Cinna, contre moi moi-même je m'irrite
Quand je songe aux dangers où je te précipite.
Quoique pour me servir tu n'appréhendes rien,
Te demander du sang, c'est exposer le tien ;
D'une si haute place on n'abat point de têtes
Sans attirer sur soi mille et mille tempêtes.

L'issue en est douteuse, et le péril certain ;
Un ami déloyal peut trahir ton dessein,
L'ordre[5] mal concerté, l'occasion mal prise
Peuvent sur son auteur renverser l'entreprise,
Tourner sur toi les coups dont tu le veux frapper,
Dans sa ruine même il peut t'envelopper,
Et quoi qu'en ma faveur ton amour exécute,
Il te peut, en tombant, écraser sous sa chute.
Ah ! cesse de courir à ce mortel danger,
Te perdre en me vengeant, ce n'est pas me venger.
Un cœur est trop cruel quand il trouve des charmes
Aux douceurs que corrompt l'amertume des larmes,
Et l'on doit mettre au rang des plus cuisants malheurs
La mort d'un ennemi qui coûte tant de pleurs.
Mais peut-on en verser alors qu'on venge un père ?
Est-il perte à ce prix[6] qui ne semble légère ?
Et quand son[7] assassin tombe sous notre effort,
Doit-on considérer ce que coûte sa mort ?
Cessez, vaines frayeurs, cessez, lâches tendresses,
De jeter dans mon cœur vos indignes faiblesses ;
Et toi qui les produis par tes soins[8] superflus,
Amour, sers mon devoir, et ne le combats plus :
Lui céder, c'est ta gloire, et le vaincre, ta honte ;
Montre-toi généreux, souffrant[9] qu'il te surmonte ;
Plus tu lui donneras, plus il te va donner,
Et ne triomphera que pour te couronner.

Pierre Corneille, *Cinna*, scène 1 de l'acte I, 1641.

1. séduite : égarée. **2.** Par le meurtre du père d'Émilie, Auguste a commencé son ascension vers le trône. **3. transports :** mouvements, sentiments intenses. **4. le :** ce mouvement.
5. l'ordre : le plan. **6. à ce prix :** au prix de la vengeance. **7. son :** d'un père.
8. soins : préoccupations. **9. souffrant :** en acceptant.

Corpus

Texte A : Scène 1 de l'acte I d'*Andromaque* de Jean Racine (pp. 17-23).
Texte B : Scène 1 de l'acte I de *Nicomède* de Pierre Corneille (pp. 26-30).
Texte C : Scène 1 de l'acte I de *Rodogune* de Pierre Corneille (pp. 30-33).
Texte D : Scène 1 de l'acte I de *Cinna* de Pierre Corneille (pp. 33-34).

Examen des textes

❶ Dans les textes du corpus, indiquez les éléments relevant de l'exposition.
❷ Dans chacun des textes du corpus, quels moyens rendent la présentation des événements passés vraisemblable ?
❸ Dans le texte B, montrez que Nicomède et Laodice sont sûrs l'un de l'autre. D'où vient le péril ?
❹ Dans le texte C, en quoi le ton contraste-t-il avec la désignation de *Rodogune* comme une tragédie noire ?
❺ En quoi l'organisation du monologue d'Émilie traduit-elle son dilemme (texte D) ?

Travaux d'écriture

Question préliminaire
Quels éléments indiquent que les textes du corpus relèvent du genre de la tragédie ?

Commentaire
Vous ferez le commentaire de la scène 1 de l'acte I de *Cinna* de Pierre Corneille (texte D).

Dissertation
Dans *Antigone* de Jean Anouilh (1944), le chœur déclare : « *Maintenant le ressort est bandé. Cela n'a plus qu'à se dérouler tout seul. C'est cela qui est commode dans la tragédie. On donne le petit coup de pouce pour que cela démarre, rien* [...]. *Après on n'a plus qu'à laisser faire. On est tranquille. Cela roule tout seul. C'est minutieux, bien huilé depuis toujours. La mort, la trahison, le désespoir sont là, tout prêts* [...]. *C'est propre, la tragédie. C'est reposant, c'est sûr.* »
En vous appuyant sur les textes du corpus et vos lectures personnelles, vous discuterez ce point de vue.

Écriture d'invention
Imaginez la scène d'exposition de *Cinna* (texte D), non plus avec Émilie seule, mais avec Émilie et Cinna dialoguant.

Andromaque

Scène 2

Pyrrhus, Oreste, Phœnix

Oreste

Avant que tous les Grecs vous parlent par ma voix,
Souffrez[1] que j'ose ici me flatter de leur choix,
Et qu'à vos yeux, Seigneur, je montre quelque joie
De voir le fils d'Achille[2] et le vainqueur de Troie.
Oui, comme ses exploits nous admirons vos coups[3] :
Hector tomba sous lui, Troie expira sous vous ;
Et vous avez montré, par une heureuse audace,
Que le fils seul d'Achille a pu remplir sa place.
Mais ce qu'il n'eût point fait, la Grèce avec douleur
Vous voit du sang troyen relever le malheur,
Et, vous laissant toucher d'une pitié funeste,
D'une guerre si longue entretenir le reste[4].
Ne vous souvient-il plus, Seigneur, quel fut Hector ?
Nos peuples affaiblis s'en souviennent encor.
Son nom seul fait frémir nos veuves et nos filles ;
Et dans toute la Grèce il n'est point de familles
Qui ne demandent compte à ce malheureux fils
D'un père ou d'un époux qu'Hector leur a ravis.
Et qui sait ce qu'un jour ce fils peut entreprendre ?
Peut-être dans nos ports nous le verrons descendre,
Tel qu'on a vu son père embraser nos vaisseaux,
Et, la flamme à la main, les suivre sur les eaux.
Oserai-je, Seigneur, dire ce que je pense ?
Vous-même de vos soins craignez la récompense,
Et que dans votre sein ce serpent élevé
Ne vous punisse un jour de l'avoir conservé.
Enfin de tous les Grecs satisfaites l'envie,

notes

1. **souffrez :** permettez.
2. **Achille :** principal héros de l'*Iliade* d'Homère ; il est le père de Pyrrhus.
3. **coups :** actions remarquables.
4. **le reste :** le seul survivant, Astyanax.

Assurez leur vengeance, assurez votre vie ;
Perdez un ennemi d'autant plus dangereux
Qu'il s'essaiera sur vous à combattre contre eux.

PYRRHUS

La Grèce en ma faveur est trop inquiétée[1].
De soins plus importants je l'ai crue agitée,
Seigneur ; et sur le nom de son ambassadeur,
J'avais dans ses projets conçu plus de grandeur.
Qui croirait en effet qu'une telle entreprise
Du fils d'Agamemnon[2] méritât l'entremise ;
Qu'un peuple tout entier, tant de fois triomphant,
N'eût daigné conspirer que la mort d'un enfant ?
Mais à qui prétend-on que je le sacrifie ?
La Grèce a-t-elle encor quelque droit sur sa vie ?
Et seul de tous les Grecs ne m'est-il pas permis
D'ordonner d'un captif que le sort[3] m'a soumis ?
Oui, Seigneur, lorsqu'au pied des murs fumants de Troie
Les vainqueurs tout sanglants partagèrent leur proie,
Le sort, dont les arrêts[4] furent alors suivis,
Fit tomber en mes mains Andromaque et son fils.
Hécube[5] près d'Ulysse acheva sa misère ;
Cassandre[6] dans Argos a suivi votre père :
Sur eux, sur leurs captifs ai-je étendu mes droits ?
Ai-je enfin disposé du fruit de leurs exploits ?
On craint qu'avec Hector Troie un jour ne renaisse ;
Son fils peut me ravir le jour que je lui laisse.
Seigneur, tant de prudence entraîne trop de soin :
Je ne sais point prévoir les malheurs de si loin.
Je songe quelle était autrefois cette ville,

notes

1. **inquiétée :** sens fort de « qui ne connaît aucun repos ».
2. **fils d'Agamemnon :** Oreste.
3. **sort :** tirage au sort.
4. **arrêts :** décisions.
5. **Hécube :** épouse de Priam, mère d'Hector.
6. **Cassandre :** fille de Priam et Hécube

Si superbe en remparts, en héros si fertile,
Maîtresse de l'Asie ; et je regarde enfin
Quel fut le sort de Troie, et quel est son destin.
Je ne vois que des tours que la cendre a couvertes,
Un fleuve teint de sang, des campagnes désertes,
Un enfant dans les fers ; et je ne puis songer
Que Troie en cet état aspire à se venger.
Ah ! si du fils d'Hector la perte était jurée,
Pourquoi d'un an entier l'avons-nous différée ?
Dans le sein de Priam[1] n'a-t-on pu l'immoler[2] ?
Sous tant de morts, sous Troie il fallait l'accabler[3].
Tout était juste alors : la vieillesse et l'enfance
En vain sur leur faiblesse appuyaient leur défense ;
La victoire et la nuit, plus cruelles que nous,
Nous excitaient au meurtre, et confondaient nos coups.
Mon courroux aux vaincus ne fut que trop sévère.
Mais que ma cruauté survive à ma colère ?
Que, malgré la pitié dont je me sens saisir,
Dans le sang d'un enfant je me baigne à loisir ?
Non, Seigneur. Que les Grecs cherchent quelque autre proie ;
Qu'ils poursuivent ailleurs ce qui reste de Troie :
De mes inimitiés[4] le cours est achevé ;
L'Épire sauvera ce que Troie a sauvé.

ORESTE

Seigneur, vous savez trop avec quel artifice[5]
Un faux Astyanax fut offert au supplice
Où le seul fils d'Hector devait être conduit.
Ce n'est pas les Troyens, c'est Hector qu'on poursuit.
Oui, les Grecs sur le fils persécutent le père ;
Il a par trop de sang acheté[6] leur colère.

notes

1. **Priam** : roi de Troie, père d'Hector.
2. **l'immoler** : le sacrifier.
3. **accabler** : terrasser.
4. **inimitiés** : haines.
5. **artifice** : ruse.
6. **acheté** : mérité.

Ce n'est que dans le sien qu'elle peut expirer ;
Et jusque dans l'Épire il les peut attirer.
Prévenez-les[1].

PYRRHUS

Non, non. J'y consens avec joie :
Qu'ils cherchent dans l'Épire une seconde Troie ;
Qu'ils confondent[2] leur haine, et ne distinguent plus
Le sang qui les fit vaincre et celui des vaincus.
Aussi bien ce n'est pas la première injustice
Dont la Grèce d'Achille a payé le service.
Hector en profita, Seigneur ; et quelque jour
Son fils en pourrait bien profiter à son tour.

ORESTE

Ainsi la Grèce en vous trouve un enfant rebelle ?

PYRRHUS

Et je n'ai donc vaincu que pour dépendre d'elle ?

ORESTE

Hermione, Seigneur, arrêtera vos coups :
Ses yeux s'opposeront[3] entre son père et vous.

PYRRHUS

Hermione, Seigneur, peut m'être toujours chère ;
Je puis l'aimer, sans être esclave de son père ;
Et je saurai peut-être accorder[4] quelque jour
Les soins de ma grandeur et ceux de mon amour.
Vous pouvez cependant[5] voir la fille d'Hélène[6] :
Du sang qui vous unit je sais l'étroite chaîne[7].

notes

1. **Prévenez-les :** devancez-les.
2. **confondent :** mêlent.
3. **ses yeux s'opposeront :** son charme s'interposera.
4. **accorder :** mettre d'accord.
5. **cependant :** pendant ce temps.
6. **Hélène :** mère d'Hermione ; enlevée par Pâris, elle est à l'origine de la guerre de Troie.
7. Hermione et Oreste sont cousins germains.

Après cela, Seigneur, je ne vous retiens plus,
Et vous pourrez aux Grecs annoncer mon refus.

Scène 3

PYRRHUS, PHŒNIX

PHŒNIX
Ainsi vous l'envoyez aux pieds de sa maîtresse !

PYRRHUS
On dit qu'il a longtemps brûlé[1] pour la princesse.

PHŒNIX
Mais si ce feu, Seigneur, vient à se rallumer ?
S'il lui rendait son cœur, s'il s'en faisait aimer ?

PYRRHUS
Ah ! qu'ils s'aiment, Phœnix : j'y consens. Qu'elle parte.
Que, charmés l'un de l'autre, ils retournent à Sparte :
Tous nos ports sont ouverts et pour elle et pour lui.
Qu'elle m'épargnerait de contrainte et d'ennui[2] !

PHŒNIX
Seigneur...

PYRRHUS
Une autre fois je t'ouvrirai mon âme :
Andromaque paraît.

notes

1. **brûlé** : brûlé d'amour.
2. **ennui** : sens fort de « tourment ».

Acte 1, scène 4

Scène 4

PYRRHUS, ANDROMAQUE, CÉPHISE

PYRRHUS

Me cherchiez-vous, Madame ?
Un espoir si charmant me serait-il permis ?

ANDROMAQUE

Je passais jusqu'aux lieux où l'on garde mon fils.
Puisqu'une fois le jour vous souffrez que je voie
Le seul bien qui me reste et d'Hector et de Troie,
J'allais, Seigneur, pleurer un moment avec lui :
Je ne l'ai point encore embrassé d'aujourd'hui.

PYRRHUS

Ah ! Madame, les Grecs, si j'en crois leurs alarmes,
Vous donneront bientôt d'autres sujets de larmes.

ANDROMAQUE

Et quelle est cette peur dont leur cœur est frappé,
Seigneur ? Quelque Troyen vous est-il échappé ?

PYRRHUS

Leur haine pour Hector n'est pas encore éteinte.
Ils redoutent son fils.

ANDROMAQUE

Digne objet de leur crainte !
Un enfant malheureux, qui ne sait pas encor
Que Pyrrhus est son maître, et qu'il est fils d'Hector.

PYRRHUS

Tel qu'il est, tous les Grecs demandent qu'il périsse.
Le fils d'Agamemnon vient hâter son supplice.

ANDROMAQUE
Et vous prononcerez un arrêt si cruel ?
Est-ce mon intérêt qui le rend criminel ?[1]
Hélas ! on ne craint point qu'il venge un jour son père ;
On craint qu'il n'essuyât[2] les larmes de sa mère.
Il m'aurait tenu lieu d'un père et d'un époux ;
Mais il me faut tout perdre, et toujours par vos coups.

PYRRHUS
Madame, mes refus ont prévenu[3] vos larmes.
Tous les Grecs m'ont déjà menacé de leurs armes ;
Mais dussent-ils encore, en repassant les eaux,
Demander votre fils avec mille vaisseaux ;
Coûtât-il tout le sang qu'Hélène a fait répandre ;
Dussé-je après dix ans voir mon palais en cendre,
Je ne balance[4] point, je vole à son secours :
Je défendrai sa vie aux dépens de mes jours.
Mais parmi ces périls où je cours pour vous plaire,
Me refuserez-vous un regard moins sévère ?
Haï de tous les Grecs, pressé de tous côtés,
Me faudra-t-il combattre encor vos cruautés ?
Je vous offre mon bras. Puis-je espérer encore
Que vous accepterez un cœur qui vous adore ?
En combattant pour vous, me sera-t-il permis
De ne vous point compter parmi mes ennemis ?

ANDROMAQUE
Seigneur, que faites-vous, et que dira la Grèce ?
Faut-il qu'un si grand cœur montre tant de faiblesse ?
Voulez-vous qu'un dessein[5] si beau, si généreux,

notes

1. Est-ce à cause de moi qu'il est criminel ?
2. Subjonctif imparfait à valeur de conditionnel.
3. **prévenu** : devancé.
4. **balance** : hésite.
5. **dessein** : projet.

Acte 1, scène 4

Passe pour le transport d'un esprit amoureux ?
Captive, toujours triste, importune à moi-même,
Pouvez-vous souhaiter qu'Andromaque vous aime ?
Quels charmes ont pour vous des yeux infortunés
Qu'à des pleurs éternels vous avez condamnés ?
Non, non, d'un ennemi respecter la misère,
Sauver des malheureux, rendre un fils à sa mère,
De cent peuples pour lui combattre la rigueur,
Sans me faire payer son salut de mon cœur,
Malgré moi, s'il le faut, lui donner un asile :
Seigneur, voilà des soins dignes du fils d'Achille.

PYRRHUS

Hé quoi ? votre courroux n'a-t-il pas eu son cours ?
Peut-on haïr sans cesse ? et punit-on toujours ?
J'ai fait des malheureux, sans doute ; et la Phrygie[1]
Cent fois de votre sang a vu ma main rougie.
Mais que vos yeux sur moi se sont bien exercés !
Qu'ils m'ont vendu bien cher les pleurs qu'ils ont versés !
De combien de remords m'ont-ils rendu la proie !
Je souffre tous les maux que j'ai faits devant Troie.
Vaincu, chargé de fers[2], de regrets consumé,
Brûlé de plus de feux[3] que je n'en allumai,
Tant de soins, tant de pleurs, tant d'ardeurs inquiètes...
Hélas ! fus-je jamais si cruel que vous l'êtes ?
Mais enfin, tour à tour, c'est assez nous punir :
Nos ennemis communs devraient nous réunir
Madame, dites-moi seulement que j'espère,
Je vous rends votre fils, et je lui sers de père ;
Je l'instruirai moi-même à venger les Troyens ;
J'irai punir les Grecs de vos maux et des miens.

notes

1. **Phrygie** : région de Troie.
2. **fers** : liens amoureux.
3. **feux** : double sens guerrier et amoureux.

Animé d'un regard, je puis tout entreprendre :
Votre Ilion[1] encor peut sortir de sa cendre ;
Je puis, en moins de temps que les Grecs ne l'ont pris,
Dans ses murs relevés couronner votre fils.

ANDROMAQUE
Seigneur, tant de grandeurs ne nous touchent plus guère :
Je les lui promettais tant qu'a vécu son père.
Non, vous n'espérez plus de nous revoir encor,
Sacrés murs, que n'a pu conserver mon Hector.
À de moindres faveurs des malheureux prétendent,
Seigneur : c'est un exil que mes pleurs vous demandent.
Souffrez que loin des Grecs, et même loin de vous,
J'aille cacher mon fils, et pleurer mon époux.
Votre amour contre nous allume trop de haine :
Retournez, retournez à la fille d'Hélène.

PYRRHUS
Et le puis-je, Madame ? Ah ! que vous me gênez[2] !
Comment lui rendre un cœur que vous me retenez ?
Je sais que de mes vœux[3] on lui promit l'empire[4] ;
Je sais que pour régner elle vint dans l'Épire ;
Le sort vous y voulut l'une et l'autre amener :
Vous, pour porter des fers ; elle, pour en donner.
Cependant ai-je pris quelque soin de lui plaire ?
Et ne dirait-on pas, en voyant au contraire
Vos charmes tout-puissants, et les siens dédaignés,
Qu'elle est ici captive, et que vous y régnez ?
Ah ! qu'un seul des soupirs que mon cœur vous envoie,
S'il s'échappait vers elle, y porterait de joie !

notes

1. Ilion : Troie.
2. gênez : torturez.
3. vœux : amour.
4. empire : possession exclusive.

Acte 1, scène 4

ANDROMAQUE
Et pourquoi vos soupirs seraient-ils repoussés ?
Aurait-elle oublié vos services passés ?
Troie, Hector, contre vous révoltent-ils son âme ?
Aux cendres d'un époux doit-elle enfin sa flamme ?
Et quel époux encore ! Ah ! souvenir cruel !
Sa mort seule a rendu votre père immortel.
Il doit au sang d'Hector tout l'éclat de ses armes,
Et vous n'êtes tous deux connus que par mes larmes.

PYRRHUS
Hé bien, Madame, hé bien, il faut vous obéir :
Il faut vous oublier, ou plutôt vous haïr.
Oui, mes vœux ont trop loin poussé leur violence
Pour ne plus s'arrêter que dans l'indifférence.
Songez-y bien : il faut désormais que mon cœur,
S'il n'aime avec transport, haïsse avec fureur.
Je n'épargnerai rien dans ma juste colère :
Le fils me répondra des mépris de la mère ;
La Grèce le demande, et je ne prétends pas[1]
Mettre toujours ma gloire à sauver des ingrats.

ANDROMAQUE
Hélas ! il mourra donc. Il n'a pour sa défense
Que les pleurs de sa mère, et que son innocence.
Et peut-être après tout, en l'état où je suis,
Sa mort avancera la fin de mes ennuis.
Je prolongeais pour lui ma vie et ma misère ;
Mais enfin sur ses pas j'irai revoir son père.
Ainsi tous trois, Seigneur, par vos soins réunis,
Nous vous...

note

1. **je ne prétends pas** : je n'ai pas l'intention.

PYRRHUS

Allez, Madame, allez voir votre fils.
Peut-être, en le voyant, votre amour plus timide
Ne prendra pas toujours sa colère pour guide.
Pour savoir nos destins, j'irai vous retrouver.
Madame, en l'embrassant, songez à le sauver.

Pyrrhus (Jean Desailly) et Andromaque (Catherine Sellers) dans la mise en scène de J.-L. Barrault (1962).

Acte II

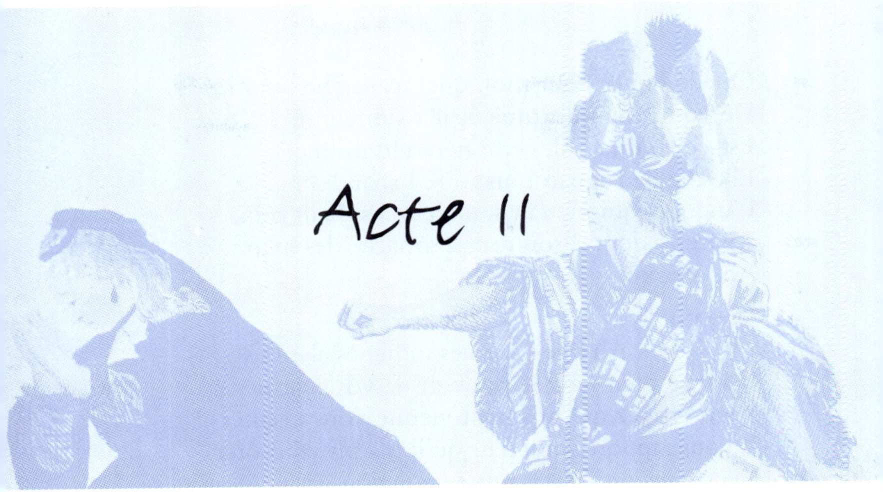

Scène 1

HERMIONE, CLÉONE

passage analysé

HERMIONE
Je fais ce que tu veux. Je consens qu'il me voie :
Je lui veux bien encore accorder cette joie.
Pylade va bientôt conduire ici ses pas[1] ;
Mais si je m'en croyais[2], je ne le verrais pas.

CLÉONE
Et qu'est-ce que sa vue a pour vous de funeste[3] ?
Madame, n'est-ce pas toujours le même Oreste
Dont vous avez cent fois souhaité le retour,
Et dont vous regrettiez la constance et l'amour ?

HERMIONE
C'est cet amour payé de trop d'ingratitude
Qui me rend en ces lieux sa présence si rude.

notes

1. ses pas : ceux d'Oreste.
2. si je m'en croyais : si je m'écoutais.
3. funeste : fatal, mortel.

passage analysé

Quelle honte pour moi, quel triomphe pour lui
De voir mon infortune égaler son ennui[1] !
Est-ce là, dira-t-il, cette fière Hermione ?
Elle me dédaignait ; un autre l'abandonne.
L'ingrate, qui mettait son cœur à si haut prix,
Apprend donc à son tour à souffrir[2] des mépris ?
Ah, dieux !

CLÉONE

Ah ! dissipez ces indignes alarmes[3] :
Il a trop bien senti le pouvoir de vos charmes.
Vous croyez qu'un amant vienne vous insulter ?[4]
Il vous rapporte un cœur qu'il n'a pu vous ôter.
Mais vous ne dites point ce que vous mande[5] un père.

HERMIONE

Dans ses retardements[6], si Pyrrhus persévère,
À la mort du Troyen[7] s'il ne veut consentir,
Mon père avec les Grecs m'ordonne de partir.

CLÉONE

Hé bien, Madame, hé bien ! écoutez donc Oreste.
Pyrrhus a commencé, faites au moins le reste.
Pour bien faire, il faudrait que vous le prévinssiez[8].
Ne m'avez-vous pas dit que vous le haïssiez ?

HERMIONE

Si je le hais, Cléone ! Il y va de ma gloire,
Après tant de bontés dont il perd la mémoire.
Lui qui me fut si cher, et qui m'a pu trahir !
Ah ! je l'ai trop aimé pour ne le point haïr.

notes

1. ennui : tourment.
2. souffrir : supporter.
3. alarmes : inquiétudes.
4. Croyez-vous qu'un amant (soupirant) vienne vous insulter ?
5. mande : ordonne.
6. retardements : atermoiements (Pyrrhus retarde le mariage).
7. Troyen : Astyanax.
8. prévinssiez : devanciez.

Acte II, scène 1

passage analysé

CLÉONE
Fuyez-le donc, Madame ; et puisqu'on vous adore....

HERMIONE
Ah ! laisse à ma fureur le temps de croître encore ;
Contre mon ennemi laisse-moi m'assurer[1] :
Cléone, avec horreur je m'en veux séparer.
Il n'y travaillera que trop bien, l'infidèle !

CLÉONE
Quoi ? vous en attendez quelque injure[2] nouvelle ?
Aimer une captive, et l'aimer à vos yeux,
Tout cela n'a donc pu vous le rendre odieux ?
Après ce qu'il a fait, que saurait-il donc faire ?
Il vous aurait déplu, s'il pouvait vous déplaire.

HERMIONE
Pourquoi veux-tu, cruelle, irriter[3] mes ennuis ?
Je crains de me connaître en l'état où je suis.
De tout ce que tu vois tâche de ne rien croire ;
Crois que je n'aime plus, vante-moi ma victoire ;
Crois que dans son dépit[4] mon cœur est endurci ;
Hélas ! et, s'il se peut, fais-le-moi croire aussi.
Tu veux que je le fuie. Hé bien ! rien ne m'arrête :
Allons. N'envions plus son indigne conquête ;
Que sur lui sa captive étende son pouvoir.
Fuyons... Mais si l'ingrat rentrait dans son devoir !
Si la foi[5] dans son cœur retrouvait quelque place !
S'il venait à mes pieds me demander sa grâce !
Si sous mes lois, Amour, tu pouvais l'engager !
S'il voulait... ! Mais l'ingrat ne veut que m'outrager.
Demeurons toutefois pour troubler leur fortune[6] ;

notes

1. **m'assurer :** rendre mes sentiments plus sûrs.
2. **injure :** offense.
3. **irriter :** rendre plus vifs.
4. **dépit :** chagrin mêlé de colère.
5. **foi :** fidélité.
6. **fortune :** bonheur.

Prenons quelque plaisir à leur être importune ;
Ou, le forçant de rompre un nœud si solennel,
Aux yeux de tous les Grecs rendons-le criminel.
J'ai déjà sur le fils attiré leur colère ;
Je veux qu'on vienne encor lui demander la mère.
Rendons-lui les tourments qu'elle me fait souffrir :
Qu'elle le perde ; ou bien qu'il la fasse périr.

CLÉONE
Vous pensez que des yeux toujours ouverts aux larmes
Se plaisent à troubler le pouvoir de vos charmes,
Et qu'un cœur accablé de tant de déplaisirs
De son persécuteur ait brigué les soupirs ?
Voyez si sa douleur en paraît soulagée.
Pourquoi donc les chagrins où son âme est plongée ?
Contre un amant qui plaît pourquoi tant de fierté[1] ?

HERMIONE
Hélas ! pour mon malheur, je l'ai trop écouté.
Je n'ai point du silence affecté le mystère :
Je croyais sans péril pouvoir être sincère ;
Et sans armer mes yeux d'un moment de rigueur,
Je n'ai pour lui parler consulté que mon cœur.
Et qui ne se serait comme moi déclarée
Sur la foi d'une amour si saintement jurée ?
Me voyait-il de l'œil qu'il me voit aujourd'hui ?
Tu t'en souviens encor, tout conspirait pour lui :
Ma famille vengée, et les Grecs dans la joie,
Nos vaisseaux tout chargés des dépouilles de Troie,
Les exploits de son père effacés par les siens,
Ses feux[2] que je croyais plus ardents que les miens,
Mon cœur, toi-même enfin de sa gloire éblouie,

passage analysé

notes

1. **fierté** : cruauté.

2. **feux** : amour.

Acte II, scène 1

passage analysé

Avant qu'il me trahît, vous m'avez tous trahie.
Mais c'en est trop, Cléone, et quel que soit Pyrrhus,
Hermione est sensible, Oreste a des vertus.
Il sait aimer du moins, et même sans qu'on l'aime ;
Et peut-être il saura se faire aimer lui-même.
Allons, qu'il vienne enfin.

CLÉONE

Madame, le voici.

HERMIONE

Ah ! je ne croyais pas qu'il fût si près d'ici.

suite, p. 63

L'amour : une fatalité

Lecture analytique de la scène 1 de l'acte II, pp. 47 à 51.

À la fin de l'acte I, la situation est nouée. Pyrrhus a rejeté la requête d'Oreste et s'est engagé auprès d'Andromaque à sauver Astyanax si elle consent à l'épouser. Mais elle refuse et Pyrrhus menace : si elle ne cède pas, il livre son fils aux Grecs. Le choix d'Andromaque est cruel : en épousant Pyrrhus, elle sauve son fils mais trahit la mémoire d'Hector, le père d'Astyanax, l'époux cher à son cœur qu'elle a perdu dans la défaite de Troie ; en rejetant Pyrrhus, elle condamne son fils. Le dilemme est posé, le spectateur attend. Qui l'emportera, de la mère ou de l'épouse ? Cependant, à l'ouverture de l'acte II, l'attention du public est retenue par un autre personnage tout aussi tourmenté. En dernier, Hermione entre en scène. On sait que la fille du Grec Ménélas et d'Hélène est aimée en vain d'Oreste. On sait aussi que, promise à Pyrrhus et follement éprise de lui, elle est dédaignée pour Andromaque. Le spectateur s'interroge. Qui est cette Hermione ? Suivra-t-elle Oreste par dépit alors qu'elle aime Pyrrhus ? ou luttera-t-elle jusqu'au bout pour ramener Pyrrhus à elle ? et avec quelles armes ?
Hermione se révèle être un personnage tragique au tempérament fort. Intransigeante face à l'amour d'Oreste, elle-même dédaignée par Pyrrhus, cette orgueilleuse princesse est aussi une amoureuse transie. À travers le portrait de cette héroïne, dont le discours se développe dans un double registre*, la scène peint l'amour comme une fatalité et un moteur de l'action dramatique*.

Hermione : une princesse orgueilleuse

❶ Dans les vers 393 à 400, quel est le champ lexical* le mieux illustré par Hermione ?

* *Cf.* Lexique.

scène 1 de l'acte II, pp. 47 à 51

❷ Pour quelle raison Hermione ne souhaite-t-elle pas revoir Oreste ?
❸ Quel sentiment s'oppose à son amour pour Pyrrhus et la pousse à s'en détacher ?

Hermione : une amante transie

❹ Quels vers prononcés par Hermione disent son amour pour Pyrrhus ?
❺ Quel registre* ces vers développent-ils dans la scène ?
❻ Dans la tirade d'Hermione (v. 427-448), quels signes de ponctuation sont récurrents ? Que révèlent-ils sur son état d'esprit ?
❼ Repérez l'alternance des sentiments d'Hermione (v. 427-448). Vous composerez un tableau dans lequel vous relèverez des extraits de sa tirade.
❽ Comment Hermione désigne-t-elle Astyanax et Andromaque ? Selon vous, pourquoi ?

Hermione : une incarnation de la fatalité amoureuse

❾ Montrez qu'Hermione lutte vainement pour se détacher de Pyrrhus.
❿ Relevez les termes et expressions du champ lexical* de la mort.
⓫ En quoi Hermione est-elle dangereuse ? De quoi est-elle capable ?
⓬ Montrez qu'amour et politique sont liés.
⓭ Quels éléments inscrivent la suite de la pièce dans cette scène ?

* *Cf.* Lexique.

Amoureuses raciniennes

Lectures croisées et travaux d'écriture

Thème littéraire récurrent, décliné dans tous les genres et registres*, l'amour est l'élément essentiel de nombreuses créations. Les hésitations et les doutes qui accompagnent sa naissance ont été minutieusement analysés. L'orgueil blessé et la jalousie maladive, les remords et les regrets ont été finement décrits. De fait, l'amour heureux n'a pas d'histoire, et c'est la souffrance amoureuse, les interrogations sans réponses, l'absence et non la présence de l'être aimé qui intéressent. L'infidélité et la trahison, les désirs inassouvis et les frustrations occupent une place de choix.

Contrarié, résigné ou dévastateur, l'amour n'est jamais chez Racine une évidence, comme il peut l'être chez Corneille. La déclaration amoureuse, moment crucial, a lieu, mais elle est vouée à l'échec. Dans *Mithridate*, Monime déclare sa flamme à Xipharès pour y renoncer. Entre Titus et Bérénice, l'amour est impossible : Rome l'interdit ; le serment d'amour a lieu au moment de la séparation irrémédiable. Et lorsque Phèdre révèle ses sentiments à Hippolyte, c'est la passion honteuse qui se fait jour. Si l'amour est impossible, les mots d'amour sont pourtant là, et ce sentiment dicte les plus beaux vers. Passion mortifère, l'amour est aussi à l'origine d'un chant lyrique*.

Texte A : Scène 1 de l'acte II d'*Andromaque* de Jean Racine (pp. 47-51)

Texte B : Jean Racine, *Bérénice*

Représentée en 1670, Bérénice *remporte un franc succès. Cette tragédie est pourtant un cas limite, puisque toute l'action repose sur les retardements de Titus à assumer une décision prise dès le début. Empereur romain, Titus ne peut épouser une reine étrangère. Il doit donc se séparer de Bérénice. Entre son amour et son devoir, il hésite. Alors qu'il semble s'être résolu à*

* *Cf.* Lexique.

renvoyer Bérénice, celle-ci exige de le voir pour entendre l'arrêt de la bouche même de son amant.

BÉRÉNICE
Ah ! cruel, est-il temps de me le déclarer ?
Qu'avez-vous fait ? Hélas ! je me suis crue aimée.
Au plaisir de vous voir mon âme accoutumée
Ne vit plus que pour vous. Ignoriez-vous vos lois[1]
Quand je vous l'avouai pour la première fois ?
À quel excès d'amour m'avez-vous amenée ?
Que ne me disiez-vous : « Princesse infortunée,
Où vas-tu t'engager, et quel est ton espoir ?
Ne donne point un cœur qu'on ne peut recevoir. »
Ne l'avez-vous reçu, cruel, que pour le rendre
Quand de vos seules mains ce cœur voudrait dépendre ?
Tout l'Empire a vingt fois conspiré contre nous.
Il était temps encor : que ne me quittiez-vous ?
Mille raisons alors consolaient ma misère :
Je pouvais de ma mort accuser votre père,
Le peuple, le sénat, tout l'Empire romain,
Tout l'univers, plutôt qu'une si chère main.
Leur haine, dès longtemps contre moi déclarée,
M'avait à mon malheur dès longtemps préparée.
Je n'aurais pas, Seigneur, reçu ce coup cruel
Dans le temps que[2] j'espère un bonheur immortel ;
Quand votre heureux amour peut tout ce qu'il désire,
Lorsque Rome se tait, quand votre père expire,
Lorsque tout l'univers fléchit à vos genoux,
Enfin quand je n'ai plus à redouter que vous.
TITUS
Et c'est moi seul aussi qui pouvais me détruire.
Je pouvais vivre alors et me laisser séduire.
Mon cœur se gardait bien d'aller dans l'avenir
Chercher ce qui pouvait un jour nous désunir.
Je voulais qu'à mes vœux rien ne fût invincible ;
Je n'examinais rien, j'espérais l'impossible.
Que sais-je ? j'espérais de mourir à vos yeux
Avant que d'en venir à ces cruels adieux.
Les obstacles semblaient renouveler ma flamme.

Tout l'Empire parlait ; mais la gloire, Madame,
Ne s'était point encor fait entendre à mon cœur
Du ton dont elle parle au cœur d'un empereur.
Je sais tous les tourments où ce dessein me livre ;
Je sens bien que sans vous je ne saurais plus vivre,
Que mon cœur de moi-même est prêt à s'éloigner ;
Mais il ne s'agit plus de vivre, il faut régner.

BÉRÉNICE

Eh bien ! régnez, cruel ; contentez votre gloire :
Je ne dispute plus. J'attendais, pour vous croire,
Que cette même bouche, après mille serments
D'un amour qui devait unir tous nos moments,
Cette bouche, à mes yeux s'avouant infidèle,
M'ordonnât elle-même une absence éternelle.
Moi-même j'ai voulu vous entendre en ce lieu.
Je n'écoute plus rien, et pour jamais : adieu.
Pour jamais ! Ah ! Seigneur, songez-vous en vous-même
Combien ce mot cruel est affreux quand on aime ?
Dans un mois, dans un an, comment souffrirons-nous,
Seigneur, que tant de mers me séparent de vous ?
Que le jour recommence, et que le jour finisse,
Sans que jamais Titus puisse voir Bérénice,
Sans que de tout le jour je puisse voir Titus ?
Mais quelle est mon erreur, et que de soins perdus !
L'ingrat, de mon départ consolé par avance,
Daignera-t-il compter les jours de mon absence ?
Ces jours si longs pour moi lui sembleront trop courts.

Jean Racine, *Bérénice*, extrait de la scène 5 de l'acte IV (v. 1062-1121), 1670.

1. Lois romaines qui interdisent à Titus d'épouser une étrangère.
2. **dans le temps que** : au moment où.

Texte C : Jean Racine, *Mithridate*

En 1673, Racine fait jouer la tragédie* Mithridate. *Ce roi doit épouser Monime. Mais celle-ci et Xipharès, le fils de Mithridate, s'aiment. Ils décident pourtant de se conformer à la volonté du roi, et, lorsqu'ils s'avouent leurs sentiments, c'est pour se séparer à jamais. La déclaration n'en est que plus émouvante.

MONIME

Oui, Prince, il n'est plus temps de le dissimuler ;
Ma douleur pour se taire a trop de violence.
Un rigoureux devoir me condamne au silence.
Mais il faut bien enfin, malgré ses dures lois,
Parler pour la première et la dernière fois.
Vous m'aimez dès longtemps. Une égale tendresse
Pour vous depuis longtemps m'afflige et m'intéresse.
Songez depuis quel jour ces funestes appas[1]
Firent naître un amour qu'ils ne méritaient pas.
Rappelez un espoir, qui ne vous dura guère,
Le trouble où vous jeta l'amour de votre père[2],
Le tourment de me perdre, et de le voir heureux,
Les rigueurs d'un devoir contraire à tous vos vœux.
Vous n'en sauriez, Seigneur, retracer la mémoire,
Ni conter vos malheurs, sans conter mon histoire,
Et lorsque ce matin j'en écoutais le cours,
Mon cœur vous répondait tous vos mêmes discours.
Inutile, ou plutôt funeste sympathie !
Trop parfaite union par le sort démentie !
Ah ! par quel soin cruel le sort avait-il joint
Deux cœurs que l'un pour l'autre il ne destinait point ?
Car, quel que soit vers vous le penchant qui m'attire,
Je vous le dis, Seigneur, pour ne plus vous le dire,
Ma gloire me rappelle et m'entraîne à l'autel,
Où je vais vous jurer un silence éternel.
J'entends, vous gémissez. Mais telle est ma misère.
Je ne suis point à vous, je suis à votre père.
Dans ce dessein vous-même, il faut me soutenir,
Et de mon faible cœur m'aider à vous bannir.
J'attends du moins, j'attends de votre complaisance,
Que désormais partout vous fuirez ma présence.
J'en viens de dire assez pour vous persuader
Que j'ai trop de raisons de vous le commander.
Mais après ce moment, si ce cœur magnanime[3]
D'un véritable amour a brûlé pour Monime,
Je ne reconnais plus la foi de vos discours,
Qu'au soin que vous prendrez de m'éviter toujours.

XIPHARÈS
Quelle marque, grands dieux ! d'un amour déplorable !
Combien en un moment heureux et misérable !
De quel comble de gloire et de félicités,
Dans quel abîme affreux vous me précipitez !
Quoi ! j'aurai pu toucher un cœur comme le vôtre !
Vous aurez pu m'aimer ? Et cependant un autre
Possédera ce cœur dont j'attirais les vœux ?
Père injuste, cruel, mais d'ailleurs malheureux !
Vous voulez que je fuie, et que je vous évite ?
Et cependant le roi m'attache à votre suite.
Que dira-t-il ?
MONIME
N'importe, il me faut obéir[4].
Inventez des raisons qui puissent l'éblouir.
D'un héros tel que vous c'est là l'effort suprême :
Cherchez, Prince, cherchez, pour vous trahir vous-même,
Tout ce que, pour jouir de leurs contentements,
L'amour fait inventer aux vulgaires amants.
Enfin je me connais, il y va de ma vie.
De mes faibles efforts ma vertu se défie ;
Je sais qu'en vous voyant, un tendre souvenir
Peut m'arracher du cœur quelque indigne soupir ;
Que je verrai mon âme, en secret déchirée,
Revoler vers le bien dont elle est séparée.
Mais je sais bien aussi que, s'il dépend de vous
De me faire chérir un souvenir si doux,
Vous n'empêcherez pas que ma gloire offensée
N'en punisse aussitôt la coupable pensée.
Que ma main dans mon cœur ne vous aille chercher
Pour y laver ma honte, et vous en arracher.
Que dis-je ? En ce moment, le dernier qui nous reste,
Je me sens arrêter par un plaisir funeste.
Plus je vous parle, et plus, trop faible que je suis,
Je cherche à prolonger le plaisir que je fuis.
Il faut pourtant, il faut se faire violence,
Et, sans perdre en adieux un reste de constance,

Je fuis. Souvenez-vous, Prince, de m'éviter,
Et méritez les pleurs que vous m'allez coûter.

Jean Racine, *Mithridate*, extrait de la scène 6 de l'acte II (v. 674-746), 1673.

1. **funestes appas :** les charmes de Monime responsables de l'amour malheureux de Xipharès.
2. L'amour de Mithridate pour Monime.
3. **magnanime :** généreux, noble.
4. **il me faut obéir :** il faut m'obéir.

Texte D : Jean Racine, *Phèdre*

Phèdre, dont la tragédie éponyme* est jouée en 1677, est un personnage tragique par excellence. À la fois innocente et coupable, l'héroïne se définit elle-même comme un monstre et une victime, aspirant à la pureté mais ravagée par la passion. Alors que tous croient Thésée mort, Phèdre, son épouse, déclare sa flamme adultère au fils de celui-ci, Hyppolite.

Phèdre
Ah ! cruel[1], tu m'as trop entendue.
Je t'en ai dit assez pour te tirer d'erreur.
Eh bien, connais donc Phèdre et toute sa fureur.
J'aime. Ne pense pas qu'au moment que je t'aime,
Innocente à mes yeux je m'approuve moi-même,
Ni que du fol amour qui trouble ma raison
Ma lâche complaisance ait nourri le poison.
Objet infortuné des vengeances célestes,
Je m'abhorre[2] encor plus que tu ne me détestes.
Les dieux m'en sont témoins, ces dieux qui dans mon flanc
Ont allumé le feu fatal à tout mon sang,
Ces dieux qui se sont faits une gloire cruelle
De séduire le cœur d'une faible mortelle.
Toi-même en ton esprit rappelle le passé.
C'est peu de t'avoir fui, cruel, je t'ai chassé.
J'ai voulu te paraître odieuse, inhumaine.
Pour mieux te résister, j'ai recherché ta haine.
De quoi m'ont profité mes inutiles soins ?
Tu me haïssais plus, je ne t'aimais pas moins.
Tes malheurs te prêtaient encor de nouveaux charmes.
J'ai langui, j'ai séché, dans les feux, dans les larmes.
Il suffit de tes yeux pour t'en persuader,

* *Cf.* Lexique

Si tes yeux un moment pouvaient me regarder.
Que dis-je ? Cet aveu que je te viens de faire,
Cet aveu si honteux, le crois-tu volontaire ?
Tremblante pour un fils que je n'osais trahir,
Je te venais prier de ne le point haïr.
Faibles projets d'un cœur trop plein de ce qu'il aime !
Hélas ! je ne t'ai pu parler que de toi-même.
Venge-toi, punis-moi d'un odieux amour.
Digne fils du héros qui t'a donné le jour,
Délivre l'univers d'un monstre qui t'irrite.
La veuve de Thésée ose aimer Hippolyte !
Crois-moi, ce monstre affreux ne doit point t'échapper.
Voilà mon cœur. C'est là que ta main doit frapper.
Impatient déjà d'expier son offense
Au-devant de ton bras je le sens qui s'avance.
Frappe. Ou si tu le crois indigne de tes coups,
Si ta haine m'envie un supplice si doux,
Ou si d'un sang trop vil ta main serait trempée,
Au défaut de ton bras prête-moi ton épée.
Donne.

Jean Racine, *Phèdre*, extrait de la scène 6 de l'acte II (v. 670-711), 1677.

1. Phèdre s'adresse à Hyppolite.
2. je m'abhorre : je me hais.

Corpus

Texte A : Scène 1 de l'acte II d'*Andromaque* de Jean Racine (pp. 47-51).
Texte B : Extrait de la scène 5 de l'acte IV de *Bérénice* de Jean Racine (pp. 54-56).
Texte C : Extrait de la scène 6 de l'acte II de *Mithridate* de Jean Racine (pp. 56-59).
Texte D : Extrait de la scène 6 de l'acte II de *Phèdre* de Jean Racine (pp. 59-60).
Document : Mise en scène de *Phèdre* par Luc Bondy (p. 61).

Document : Mise en scène de *Phèdre* par Luc Bondy

Valérie Dreville dans le rôle de Phèdre, avec Œnone (Dominique Frot) dans l'ombre (théâtre de l'Odéon, Paris, 1998).

Examen des textes et de l'image

❶ Que reproche Bérénice à Titus (texte B) ?
❷ Dans quel registre* s'inscrivent les vers des textes B et C ? Justifiez votre réponse.
❸ Dans quelle mesure Xipharès et Monime (texte C), mais aussi Phèdre (texte D), inspirent la crainte et la pitié du spectateur ?
❹ Relevez les éléments qui montrent que Phèdre se désigne comme la victime des dieux (texte D).
❺ Montrez que Phèdre se condamne elle-même sans pouvoir résister à sa passion (texte D).
❻ En vous intéressant à l'attitude de Phèdre ainsi qu'au jeu d'ombre et de lumière, dites ce que vous suggère cette photographie sur l'héroïne, sur le rôle d'Œnone et sur la relation qui existe entre ces deux femmes (document).

Travaux d'écriture

Question préliminaire

En vous appuyant sur les textes B à D, montrez que l'atmosphère des trois tragédies est différente.

Commentaire

Vous ferez le commentaire de l'extrait de la scène 6 de l'acte II de *Phèdre* de Jean Racine (texte D).

Dissertation

Dans *L'Amour et l'Occident* (1939), Denis de Rougemont constate que « *l'amour heureux n'a pas d'histoire dans la littérature occidentale* ». Seule la souffrance amoureuse intéresse. En vous appuyant sur les textes du corpus et vos lectures personnelles, vous développerez et discuterez cette affirmation.

Écriture d'invention

Imaginez que Molière s'empare de Monime et Xipharès. Désormais héros de comédie, les deux jeunes amants s'avouent leur amour contrarié. Rédigez cette scène, à laquelle peuvent assister un ou deux valets.

* *Cf.* Lexique.

Acte II, scène 2

cène 2

HERMIONE, ORESTE, CLÉONE

HERMIONE
Le croirai-je, Seigneur, qu'un reste de tendresse
Vous fasse ici chercher une triste princesse ?
Ou ne dois-je imputer[1] qu'à votre seul devoir
L'heureux empressement qui vous porte à me voir ?

ORESTE
Tel est de mon amour l'aveuglement funeste,
Vous le savez, Madame ; et le destin d'Oreste
Est de venir sans cesse adorer vos attraits,
Et de jurer toujours qu'il n'y viendra jamais.
Je sais que vos regards vont rouvrir mes blessures,
Que tous mes pas vers vous sont autant de parjures[2] :
Je le sais, j'en rougis. Mais j'atteste les dieux,
Témoins de la fureur de mes derniers adieux,
Que j'ai couru partout où ma perte certaine
Dégageait mes serments et finissait ma peine.
J'ai mendié la mort chez des peuples cruels
Qui n'apaisaient leurs dieux que du sang des mortels :
Ils m'ont fermé leur temple ; et ces peuples barbares
De mon sang prodigué[3] sont devenus avares.
Enfin je viens à vous, et je me vois réduit
À chercher dans vos yeux une mort qui me fuit.
Mon désespoir n'attend que leur indifférence :
Ils n'ont qu'à m'interdire un reste d'espérance.
Ils n'ont, pour avancer cette mort où je cours,
Qu'à me dire une fois ce qu'ils m'ont dit toujours.
Voilà, depuis un an, le seul soin[4] qui m'anime.

otes

1. imputer : mettre sur le compte de.
2. parjures : trahisons du serment de ne plus l'aimer.
3. prodigué : que j'aurais voulu prodiguer.
4. soin : souci.

Madame, c'est à vous de prendre une victime
Que les Scythes[1] auraient dérobée à vos coups,
Si j'en avais trouvé d'aussi cruels que vous.

HERMIONE

Quittez, Seigneur, quittez ce funeste langage.
À des soins plus pressants la Grèce vous engage.
Que[2] parlez-vous du Scythe et de mes cruautés ?
Songez à tous ces rois que vous représentez.
Faut-il que d'un transport[3] leur vengeance dépende ?
Est-ce le sang d'Oreste enfin qu'on vous demande ?
Dégagez-vous des soins dont vous êtes chargé.

ORESTE

Les refus de Pyrrhus m'ont assez dégagé,
Madame : il me renvoie ; et quelque autre puissance
Lui fait du fils d'Hector embrasser la défense.

HERMIONE

L'infidèle !

ORESTE

Ainsi donc, tout prêt à le quitter,
Sur mon propre destin je viens vous consulter.
Déjà même je crois entendre la réponse
Qu'en secret contre moi votre haine prononce.

HERMIONE

Hé quoi ? toujours injuste en vos tristes discours,
De mon inimitié[4] vous plaindrez-vous toujours ?
Quelle est cette rigueur tant de fois alléguée[5] ?
J'ai passé dans l'Épire, où j'étais reléguée :
Mon père l'ordonnait. Mais qui sait si depuis

notes

1. **Scythes** : habitants de la Tauride désignés comme un « *peuple barbare* ».
2. **que** : pourquoi.
3. **transport** : sentiment violent.
4. **inimitié** : haine.
5. **alléguée** : mise en avant.

Hermione (Sabine Haudepin) et Oreste (Didier Sandre)
dans la mise en scène de Marc Zammit (1992).

Je n'ai point en secret partagé vos ennuis ?
Pensez-vous avoir seul éprouvé des alarmes ?
Que l'Épire jamais n'ait vu couler mes larmes ?
Enfin qui vous a dit que malgré mon devoir
Je n'ai pas quelquefois souhaité de vous voir ?

ORESTE

Souhaité de me voir ! Ah ! divine princesse...
Mais, de grâce, est-ce à moi que ce discours s'adresse ?
Ouvrez vos yeux : songez qu'Oreste est devant nous,
Oreste, si longtemps l'objet de leur courroux[1].

HERMIONE

Oui, c'est vous dont l'amour, naissant avec leurs charmes,
Leur apprit le premier le pouvoir de leurs armes ;
Vous que mille vertus me forçaient d'estimer ;
Vous que j'ai plaint, enfin que je voudrais aimer.

ORESTE

Je vous entends[2]. Tel est mon partage funeste :
Le cœur est pour Pyrrhus, et les vœux pour Oreste.

HERMIONE

Ah ! ne souhaitez pas le destin de Pyrrhus :
Je vous haïrais trop.

ORESTE

Vous m'en aimeriez plus.
Ah ! que vous me verriez d'un regard bien contraire !
Vous me voulez aimer, et je ne puis vous plaire ;
Et l'amour seul alors se faisant obéir,
Vous m'aimeriez, Madame, en me voulant haïr.
Ô dieux ! tant de respect, une amitié si tendre...
Que de raisons pour moi, si vous pouviez m'entendre !

notes

1. **courroux** : colère.

2. **entends** : comprends.

Acte II, scène 2

Vous seule pour Pyrrhus disputez[1] aujourd'hui,
Peut-être malgré vous, sans doute malgré lui,
Car enfin il vous hait ; son âme ailleurs éprise
N'a plus...

HERMIONE

Qui vous l'a dit, Seigneur, qu'il me méprise ?
Ses regards, ses discours vous l'ont-ils donc appris ?
Jugez-vous que ma vue inspire des mépris,
Qu'elle allume en un cœur des feux si peu durables ?
Peut-être d'autres yeux me sont plus favorables.

ORESTE

Poursuivez : il est beau de m'insulter ainsi.
Cruelle, c'est donc moi qui vous méprise ici ?
Vos yeux n'ont pas assez éprouvé ma constance ?
Je suis donc un témoin[2] de leur peu de puissance ?
Je les ai méprisés ? Ah ! qu'ils voudraient bien voir
Mon rival, comme moi, mépriser leur pouvoir !

HERMIONE

Que m'importe, Seigneur, sa haine ou sa tendresse ?
Allez contre un rebelle armer toute la Grèce ;
Rapportez-lui le prix de sa rébellion ;
Qu'on fasse de l'Épire un second Ilion[3].
Allez. Après cela direz-vous que je l'aime ?

ORESTE

Madame, faites plus, et venez-y vous-même.
Voulez-vous demeurer pour otage en ces lieux ?
Venez dans tous les cœurs faire parler vos yeux.
Faisons de notre haine une commune attaque.

Notes

1. **disputez** : fournissez des arguments.
2. **témoin** : preuve.
3. **Ilion** : Troie.

HERMIONE
Mais, Seigneur, cependant s'il épouse Andromaque ?

ORESTE
Hé ! Madame !

HERMIONE
Songez quelle honte pour nous
Si d'une Phrygienne[1] il devenait l'époux !

ORESTE
Et vous le haïssez ? Avouez-le, Madame,
L'amour n'est pas un feu qu'on renferme en une âme :
Tout nous trahit, la voix, le silence, les yeux ;
Et les feux mal couverts n'en éclatent que mieux.

HERMIONE
Seigneur, je le vois bien, votre âme prévenue[2]
Répand sur mes discours le venin qui la tue,
Toujours dans mes raisons cherche quelque détour,
Et croit qu'en moi la haine est un effort d'amour.
Il faut donc m'expliquer : vous agirez ensuite.
Vous savez qu'en ces lieux mon devoir m'a conduite ;
Mon devoir m'y retient, et je n'en puis partir
Que[3] mon père ou Pyrrhus ne m'en fasse sortir.
De la part de mon père allez lui faire entendre
Que l'ennemi des Grecs ne peut être son gendre :
Du Troyen ou de moi faites-le décider ;
Qu'il songe qui des deux il veut rendre ou garder ;
Enfin qu'il me renvoie, ou bien qu'il vous le livre.
Adieu. S'il y consent, je suis prête à vous suivre.

notes

1. **Phrygienne** : Andromaque.
2. **prévenue** : placée dans des dispositions favorables ou défavorables.
3. **que** : sans que.

Acte II, scène 4

cène 3

ORESTE, *seul.*

Oui, oui, vous me suivrez, n'en doutez nullement :
Je vous réponds déjà de son consentement.
Je ne crains pas enfin que Pyrrhus la retienne :
Il n'a devant les yeux que sa chère Troyenne ;
Tout autre objet[1] le blesse ; et peut-être aujourd'hui
Il n'attend qu'un prétexte à l'éloigner de lui.
Nous n'avons qu'à parler : c'en est fait. Quelle joie
D'enlever à l'Épire une si belle proie !
Sauve tout ce qui reste et de Troie et d'Hector,
Garde son fils, sa veuve, et mille autres encor,
Épire : c'est assez qu'Hermione rendue
Perde à jamais tes bords et ton prince de vue.
Mais un heureux destin le conduit en ces lieux.
Parlons. À tant d'attraits, Amour, ferme ses yeux !

cène 4

PYRRHUS, ORESTE, PHŒNIX

PYRRHUS
Je vous cherchais, Seigneur. Un peu de violence
M'a fait de vos raisons combattre la puissance,
Je l'avoue ; et depuis que je vous ai quitté,
J'en[2] ai senti la force et connu[3] l'équité.
J'ai songé, comme vous, qu'à la Grèce, à mon père,
À moi-même, en un mot, je devenais contraire ;
Que je relevais Troie, et rendais imparfait
Tout ce qu'a fait Achille et tout ce que j'ai fait

otes

1. **objet** : personne aimée.
2. **en** : de vos raisons.
3. **connu** : reconnu.

Je ne condamne plus un courroux légitime,
Et l'on vous va, Seigneur, livrer votre victime.

ORESTE
Seigneur, par ce conseil[1] prudent et rigoureux,
C'est acheter la paix du sang d'un malheureux.

PYRRHUS
Oui. Mais je veux, Seigneur, l'assurer davantage :
D'une éternelle paix Hermione est le gage ;
Je l'épouse. Il semblait qu'un spectacle si doux
N'attendît en ces lieux qu'un témoin tel que vous.
Vous y représentez tous les Grecs et son père,
Puisqu'en vous Ménélas voit revivre son frère[2].
Voyez-la donc. Allez. Dites-lui que demain
J'attends, avec la paix, son cœur de votre main.

ORESTE
Ah, dieux !

Scène 5

PYRRHUS, PHŒNIX

PYRRHUS
Hé bien, Phœnix, l'amour est-il le maître ?
Tes yeux refusent-ils encor de me connaître ?

PHŒNIX
Ah ! je vous reconnais ; et ce juste courroux,
Ainsi qu'à tous les Grecs, Seigneur, vous rend à vous.
Ce n'est plus le jouet d'une flamme servile[3] :
C'est Pyrrhus, c'est le fils et le rival d'Achille,

notes

1. conseil : décision.
2. Oreste est le fils d'Agamemnon, frère défunt de Ménélas.
3. servile : esclave.

Acte II, scène 5

Que la gloire à la fin ramène sous ses lois,
Qui triomphe de Troie une seconde fois.

PYRRHUS
Dis plutôt qu'aujourd'hui commence ma victoire.
D'aujourd'hui seulement je jouis de ma gloire ;
Et mon cœur, aussi fier que tu l'as vu soumis,
Croit avoir en l'amour vaincu mille ennemis.
Considère, Phœnix, les troubles que j'évite,
Quelle foule de maux l'amour traîne à sa suite,
Que d'amis, de devoirs j'allais sacrifier,
Quels périls... Un regard m'eût tout fait oublier.
Tous les Grecs conjurés fondaient sur un rebelle.
Je trouvais du plaisir à me perdre pour elle.

PHŒNIX
Oui, je bénis, Seigneur, l'heureuse cruauté
Qui vous rend...

PYRRHUS
Tu l'as vu, comme elle m'a traité.
Je pensais, en voyant sa tendresse alarmée,
Que son fils me la dût renvoyer désarmée.
J'allais voir le succès[1] de ses embrassements :
Je n'ai trouvé que pleurs mêlés d'emportements.
Sa misère l'aigrit ; et toujours plus farouche[2],
Cent fois le nom d'Hector est sorti de sa bouche.
Vainement à son fils j'assurais mon secours :
« C'est Hector, disait-elle en l'embrassant toujours ;
Voilà ses yeux, sa bouche, et déjà son audace ;
C'est lui-même, c'est toi, cher époux, que j'embrasse. »
Et quelle est sa pensée ? Attend-elle en ce jour
Que je lui laisse un fils pour nourrir son amour ?

Notes

1. succès : résultat. | **2. farouche** : il s'agit d'Andromaque.

PHŒNIX
Sans doute. C'est le prix que vous gardait l'ingrate.
Mais laissez-la, Seigneur.

PYRRHUS
Je vois ce qui la flatte[1].
Sa beauté la rassure ; et malgré mon courroux,
L'orgueilleuse m'attend encore à ses genoux.
Je la verrais aux miens, Phœnix, d'un œil tranquille.
Elle est veuve d'Hector, et je suis fils d'Achille :
Trop de haine sépare Andromaque et Pyrrhus.

PHŒNIX
Commencez donc, Seigneur, à ne m'en parler plus.
Allez voir Hermione ; et, content[2] de lui plaire,
Oubliez à ses pieds jusqu'à votre colère.
Vous-même à cet hymen[3] venez la disposer.
Est-ce sur un rival qu'il s'en faut reposer ?
Il ne l'aime que trop.

PYRRHUS
Crois-tu, si je l'épouse,
Qu'Andromaque en son cœur n'en sera pas jalouse ?

PHŒNIX
Quoi ? toujours Andromaque occupe votre esprit ?
Que vous importe, ô dieux ! sa joie ou son dépit ?
Quel charme[4], malgré vous, vers elle vous attire ?

PYRRHUS
Non, je n'ai pas bien dit tout ce qu'il lui faut dire :
Ma colère à ses yeux n'a paru qu'à demi ;
Elle ignore à quel point je suis son ennemi.

notes

1. **ce qui la flatte :** ce qui lui donne de l'espoir.
2. **content :** vous contentant.
3. **hymen :** mariage.
4. **charme :** sens fort de « sortilège, envoûtement ».

Acte II, scène 5

Retournons-y. Je veux la braver à sa vue,
Et donner à ma haine une libre étendue.
Viens voir tous ses attraits, Phœnix, humiliés.
Allons.

PHŒNIX

Allez, Seigneur, vous jeter à ses pieds.
Allez, en lui jurant que votre âme l'adore,
À de nouveaux mépris l'encourager encore.

PYRRHUS

Je le vois bien, tu crois que prêt à l'excuser
Mon cœur court après elle, et cherche à s'apaiser.

PHŒNIX

Vous aimez : c'est assez.

PYRRHUS

Moi l'aimer ? une ingrate
Qui me hait d'autant plus que mon amour la flatte ?
Sans parents, sans amis, sans espoir que[1] sur moi,
Je puis perdre son fils ; peut-être je le doi[2].
Étrangère... que dis-je ? esclave dans l'Épire,
Je lui donne son fils, mon âme, mon empire :
Et je ne puis gagner dans son perfide cœur
D'autre rang que celui de son persécuteur ?
Non, non, je l'ai juré, ma vengeance est certaine :
Il faut bien une fois justifier sa haine.
J'abandonne son fils. Que de pleurs vont couler !
De quel nom sa douleur me va-t-elle appeler !
Quel spectacle pour elle aujourd'hui se dispose !
Elle en mourra, Phœnix, et j'en serai la cause.
C'est lui mettre moi-même un poignard dans le sein.

Notes

1. **que** : si ce n'est.

2. **doi** : dois (rime pour l'œil).

PHŒNIX

Et pourquoi donc en faire éclater le dessein[1] ?
Que ne consultiez-vous tantôt votre faiblesse ?

PYRRHUS

Je t'entends. Mais excuse un reste de tendresse.
Crains-tu pour ma colère un si faible combat ?
D'un amour qui s'éteint c'est le dernier éclat.
Allons. À tes conseils, Phœnix, je m'abandonne.
Faut-il livrer son fils ? faut-il voir Hermione ?

PHŒNIX

Oui, voyez-la, Seigneur, et par des vœux soumis
Protestez-lui[2]...

PYRRHUS

Faisons tout ce que j'ai promis.

notes

1. **dessein :** projet.

2. **protestez-lui :** jurez-lui avec un serment.

Acte III

Scène 1

ORESTE, PYLADE

PYLADE
Modérez donc, Seigneur, cette fureur extrême.
Je ne vous connais plus : vous n'êtes plus vous-même.
Souffrez[1]...

ORESTE
Non, tes conseils ne sont plus de saison,
Pylade, je suis las d'écouter la raison.
C'est traîner trop longtemps ma vie et mon supplice :
Il faut que je l'enlève, ou bien que je périsse.
Le dessein[2] en est pris, je le veux achever.
Oui, je le veux.

PYLADE
Hé bien, il la faut enlever :
J'y consens. Mais songez cependant où vous êtes.

Notes

1. **Souffrez :** permettez.
2. **dessein :** projet.

Que croira-t-on de vous, à voir ce que vous faites ?
Dissimulez : calmez ce transport inquiet[1] ;
Commandez à vos yeux de garder le secret.
Ces gardes, cette Cour, l'air qui vous environne,
Tout dépend de Pyrrhus, et surtout Hermione.
À ses regards surtout cachez votre courroux[2].
Ô dieux ! en cet état pourquoi la cherchiez-vous ?

ORESTE
Que sais-je ? De moi-même étais-je alors le maître ?
La fureur m'emportait, et je venais peut-être
Menacer à la fois l'ingrate et son amant.

PYLADE
Et quel était[3] le fruit de cet emportement ?

ORESTE
Et quelle âme, dis-moi, ne serait éperdue[4]
Du coup dont ma raison vient d'être confondue[5] ?
Il épouse, dit-il, Hermione demain ;
Il veut, pour m'honorer, la tenir de ma main.
Ah ! plutôt cette main dans le sang du barbare...

PYLADE
Vous l'accusez, Seigneur, de ce destin bizarre[6].
Cependant, tourmenté de ses propres desseins,
Il est peut-être à plaindre autant que je vous plains.

ORESTE
Non, non ; je le connais, mon désespoir le flatte[7] ;
Sans moi, sans mon amour, il dédaignait l'ingrate ;
Ses charmes jusque-là n'avaient pu le toucher :
Le cruel ne la prend que pour me l'arracher.

notes

1. **transport inquiet :** agitation violente.
2. **courroux :** colère.
3. **était :** aurait été.
4. **éperdue :** égarée.
5. **confondue :** bouleversée.
6. **bizarre :** capricieux.
7. **le flatte :** lui fait plaisir.

Acte III, scène 1

Ah, dieux ! c'en était fait : Hermione gagnée
Pour jamais de sa vue allait être éloignée.
Son cœur, entre l'amour et le dépit confus[1],
Pour se donner à moi n'attendait qu'un refus ;
Ses yeux s'ouvraient, Pylade ; elle écoutait Oreste,
Lui parlait, le plaignait. Un mot eût fait le reste.

PYLADE
Vous le croyez.

ORESTE
Hé quoi ? ce courroux enflammé
Contre un ingrat...

PYLADE
Jamais il ne fut plus aimé.
Pensez-vous, quand[2] Pyrrhus vous l'aurait accordée,
Qu'un prétexte tout prêt ne l'eût pas retardée ?
M'en croirez-vous ? Lassé de ses trompeurs attraits,
Au lieu de l'enlever, fuyez-la pour jamais.
Quoi ? votre amour se veut charger d'une furie[3]
Qui vous détestera, qui, toute votre vie
Regrettant un hymen[4] tout prêt à s'achever,
Voudra...

ORESTE
C'est pour cela que je veux l'enlever.
Tout lui rirait, Pylade ; et moi, pour mon partage,
Je n'emporterais donc qu'une inutile rage ?
J'irais loin d'elle encor tâcher de l'oublier ?
Non, non, à mes tourments je veux l'associer.
C'est trop gémir tout seul. Je suis las qu'on me plaigne :
Je prétends qu'à mon tour l'inhumaine me craigne,

otes

. confus : son cœur hésite entre amour et
épit.
. quand : quand bien même.

3. furie : sens courant de « femme violente et emportée ».
4. hymen : mariage.

Et que ses yeux cruels, à pleurer condamnés,
Me rendent tous les noms que je leur ai donnés.

PYLADE

Voilà donc le succès[1] qu'aura votre ambassade[2] :
Oreste ravisseur !

ORESTE

Et qu'importe, Pylade ?
Quand nos États vengés jouiront de mes soins
L'ingrate de mes pleurs jouira-t-elle moins ?
Et que me servira que la Grèce m'admire,
Tandis que je serai la fable[3] de l'Épire ?
Que veux-tu ? Mais, s'il faut ne te rien déguiser,
Mon innocence enfin commence à me peser.
Je ne sais de tout temps quelle injuste puissance
Laisse le crime en paix et poursuit l'innocence.
De quelque part sur moi que je tourne les yeux,
Je ne vois que malheurs qui condamnent les dieux.
Méritons leur courroux, justifions leur haine,
Et que le fruit du crime en précède la peine.
Mais toi, par quelle erreur veux-tu toujours sur toi
Détourner un courroux qui ne cherche que moi ?
Assez et trop longtemps[4] mon amitié t'accable :
Évite un malheureux, abandonne un coupable.
Cher Pylade, crois-moi, ta pitié te séduit[5].
Laisse-moi des périls dont j'attends tout le fruit.
Porte aux Grecs cet enfant que Pyrrhus m'abandonne.
Va-t'en.

PYLADE

Allons, Seigneur, enlevons Hermione.

notes

1. succès : issue, résultat.
2. ambassade : mission d'ambassadeur.
3. fable : risée.
4. trop longtemps : depuis trop longtemps.
5. séduit : trompe.

Acte III, scène 2

Au travers des périls un grand cœur[1] se fait jour[2].
Que ne peut l'amitié conduite par l'amour ?
Allons de tous vos Grecs encourager le zèle.
Nos vaisseaux sont tous prêts, et le vent nous appelle.
Je sais de ce palais tous les détours obscurs ;
Vous voyez que la mer en vient battre les murs ;
Et cette nuit, sans peine, une secrète voie
Jusqu'en votre vaisseau conduira votre proie.

ORESTE
J'abuse, cher ami, de ton trop d'amitié.
Mais pardonne à des maux dont toi seul as pitié ;
Excuse un malheureux qui perd[3] tout ce qu'il aime,
Que tout le monde hait, et qui se hait lui-même.
Que ne puis-je à mon tour dans un sort plus heureux..

PYLADE
Dissimulez, Seigneur : c'est tout ce que je veux.
Gardez[4] qu'avant le coup[5] votre dessein n'éclate :
Oubliez jusque-là qu'Hermione est ingrate ;
Oubliez votre amour. Elle vient, je la voi[6].

ORESTE
Va-t'en. Réponds-moi d'elle, et je réponds de moi.

Scène 2

HERMIONE, ORESTE, CLÉONE

ORESTE
Hé bien ! mes soins vous ont rendu votre conquête.
J'ai vu Pyrrhus, Madame, et votre hymen s'apprête.

Notes

1. **cœur :** courage.
2. **se fait jour :** se révèle.
3. **perd :** cause la perte.
4. **Gardez :** prenez garde.
5. **coup :** exécution du projet.
6. **voi :** vois (orthographe étymologique rimant pour l'œil avec « *moi* »).

HERMIONE
On le dit ; et de plus on vient de m'assurer
Que vous ne me cherchiez que pour m'y préparer.

ORESTE
Et votre âme à ses vœux[1] ne sera pas rebelle ?

HERMIONE
Qui l'eût cru, que Pyrrhus ne fût pas infidèle ?
Que sa flamme[2] attendrait si tard pour éclater[3],
Qu'il reviendrait à moi quand je l'allais quitter ?
Je veux croire avec vous qu'il redoute la Grèce,
Qu'il suit son intérêt plutôt que sa tendresse,
Que mes yeux sur votre âme étaient plus absolus[4].

ORESTE
Non, Madame : il vous aime, et je n'en doute plus.
Vos yeux ne font-ils pas tout ce qu'ils veulent faire ?
Et vous ne vouliez pas sans doute lui déplaire.

HERMIONE
Mais que puis-je, Seigneur ? On a promis ma foi[5].
Lui ravirai-je un bien qu'il ne tient pas de moi ?
L'amour ne règle pas le sort d'une princesse :
La gloire d'obéir est tout ce qu'on nous laisse.
Cependant je partais ; et vous avez pu voir
Combien je relâchais pour vous de mon devoir[6].

ORESTE
Ah ! que vous saviez bien, cruelle... Mais, Madame,
Chacun peut à son choix disposer de son âme.
La vôtre était à vous. J'espérais ; mais enfin

notes

1. **vœux :** amour.
2. **flamme :** amour.
3. **éclater :** se manifester avec éclat.
4. **étaient plus absolus :** avaient un pouvoir plus absolu.
5. **foi :** fidélité à l'engagement.
6. **je relâchais [...] de mon devoir :** je négligeais [...] mon devoir.

Acte III, scène 3

Vous l'avez pu donner sans me faire un larcin[1].
Je vous accuse aussi bien moins que la fortune[2].
Et pourquoi vous lasser d'une plainte importune ?
Tel est votre devoir, je l'avoue ; et le mien
Est de vous épargner un si triste entretien.

Scène 3 HERMIONE, CLÉONE

HERMIONE
Attendais-tu, Cléone, un courroux si modeste[3] ?

CLÉONE
La douleur qui se tait n'en est que plus funeste[4].
Je le plains : d'autant plus qu'auteur de son ennui[5],
Le coup qui l'a perdu n'est parti que de lui.
Comptez depuis quel temps votre hymen se prépare :
Il a parlé, Madame, et Pyrrhus se déclare.

HERMIONE
Tu crois que Pyrrhus craint ? Et que craint-il encor ?
Des peuples qui dix ans ont fui devant Hector,
Qui, cent fois effrayés de l'absence d'Achille,
Dans leurs vaisseaux brûlants ont cherché leur asile,
Et qu'on verrait encor, sans l'appui de son fils[6],
Redemander Hélène[7] aux Troyens impunis ?
Non, Cléone, il n'est point ennemi de lui-même ;
Il veut tout ce qu'il fait ; et s'il m'épouse, il m'aime.
Mais qu'Oreste à son gré m'impute ses douleurs :
N'avons-nous d'entretien que celui de ses pleurs ?

Notes

1. **larcin** : vol.
2. **fortune** : sort.
3. **modeste** : modéré.
4. **funeste** : sens fort d'« annonciatrice de mort ».
5. **ennui** : sens fort de « tourment ».
6. **son fils** : le fils d'Achille, Pyrrhus.
7. **Hélène** : mère d'Hermione ; son enlèvement par Pâris est à l'origine de la guerre de Troie.

Pyrrhus revient à nous. Hé bien ! chère Cléone,
Conçois-tu les transports[1] de l'heureuse Hermione ?
Sais-tu quel est Pyrrhus ? T'es-tu fait raconter
Le nombre des exploits... Mais qui les peut compter ?
Intrépide, et partout suivi de la victoire,
Charmant, fidèle enfin, rien ne manque à sa gloire.
Songe...

CLÉONE

Dissimulez. Votre rivale en pleurs
Vient à vos pieds, sans doute, apporter ses douleurs.

HERMIONE

Dieux ! ne puis-je à ma joie abandonner mon âme ?
Sortons : que lui dirais-je ?

Scène 4

ANDROMAQUE, HERMIONE, CLÉONE, CÉPHISE

ANDROMAQUE

Où fuyez-vous, Madame ?
N'est-ce point à vos yeux un spectacle assez doux
Que la veuve d'Hector pleurante[2] à vos genoux ?
Je ne viens point ici, par de jalouses larmes,
Vous envier un cœur qui se rend à vos charmes.
Par une main cruelle, hélas ! j'ai vu percer
Le seul[3] où mes regards prétendaient s'adresser.
Ma flamme par Hector fut jadis allumée ;
Avec lui dans la tombe elle s'est enfermée.
Mais il me reste un fils. Vous saurez quelque jour,
Madame, pour un fils, jusqu'où va notre amour ;

notes

1. **transports** : mouvements de joie.
2. Accord du participe présent courant au XVIIe siècle.
3. **le seul** : le seul cœur.

Acte III, scène 5

Mais vous ne saurez pas, du moins, je le souhaite,
En quel trouble mortel son intérêt[1] nous jette,
Lorsque de tant de biens qui pouvaient nous flatter[2]
C'est le seul qui nous reste, et qu'on veut nous l'ôter.
Hélas ! lorsque, lassés de dix ans de misère,
Les Troyens en courroux menaçaient votre mère[3],
J'ai su de mon Hector lui procurer l'appui.
Vous pouvez sur Pyrrhus ce que j'ai pu sur lui.
Que craint-on d'un enfant qui survit à sa perte ?
Laissez-moi le cacher en quelque île déserte.
Sur les soins de sa mère on peut s'en assurer[4],
Et mon fils avec moi n'apprendra qu'à pleurer.

HERMIONE
Je conçois vos douleurs. Mais un devoir austère,
Quand mon père a parlé, m'ordonne de me taire.
C'est lui qui de Pyrrhus fait agir le courroux.
S'il faut fléchir Pyrrhus, qui le peut mieux que vous ?
Vos yeux assez longtemps ont régné sur son âme.
Faites-le prononcer[5] : j'y souscrirai, Madame.

cène 5

ANDROMAQUE, CÉPHISE

ANDROMAQUE
Quel mépris la cruelle attache à ses refus !

CÉPHISE
Je croirais[6] ses conseils, et je verrais Pyrrhus.
Un regard confondrait[7] Hermione et la Grèce...
Mais lui-même il vous cherche.

otes

. **son intérêt :** l'intérêt que nous lui portons.
. **flatter :** réjouir.
. **mère :** Hélène.
. Si on le confie aux soins de sa mère, on n'a ien à craindre de lui.
5. **prononcer :** se prononcer.
6. **Je croirais :** sous-entendu « si j'étais vous ».
7. **confondrait :** perdrait.

Andromaque

Scène 6

PYRRHUS, ANDROMAQUE, PHŒNIX, CÉPHISE

PYRRHUS, *à Phœnix.*

Où donc est la princesse[1] ?
Ne m'avais-tu pas dit qu'elle était en ces lieux ?

PHŒNIX

Je le croyais.

ANDROMAQUE, *à Céphise.*

Tu vois le pouvoir de mes yeux.

PYRRHUS

Que dit-elle, Phœnix ?

ANDROMAQUE

Hélas ! tout m'abandonne.

PHŒNIX

Allons, Seigneur, marchons sur les pas d'Hermione.

CÉPHISE

Qu'attendez-vous ? Rompez ce silence obstiné.

ANDROMAQUE

Il a promis mon fils.

CÉPHISE

Il ne l'a pas donné.

ANDROMAQUE

Non, non, j'ai beau pleurer, sa mort est résolue.

PYRRHUS

Daigne-t-elle sur nous tourner au moins la vue ?
Quel orgueil !

note

1. **princesse** : Hermione.

Acte III, scène 6

ANDROMAQUE

Je ne fais que l'irriter encor[1].
Sortons.

PYRRHUS

Allons aux Grecs livrer le fils d'Hector.

ANDROMAQUE

Ah ! Seigneur, arrêtez ! Que prétendez-vous faire ?
Si vous livrez le fils, livrez-leur donc la mère.
Vos serments m'ont tantôt[2] juré tant d'amitié[3] !
Dieux ! ne pourrai-je au moins toucher votre pitié ?
Sans espoir de pardon m'avez-vous condamnée ?

PYRRHUS

Phœnix vous le dira, ma parole est donnée.

ANDROMAQUE

Vous qui braviez pour moi tant de périls divers !

PYRRHUS

J'étais aveugle alors : mes yeux se sont ouverts.
Sa grâce à vos désirs pouvait être accordée ;
Mais vous ne l'avez pas seulement demandée.
C'en est fait.

ANDROMAQUE

Ah ! Seigneur, vous entendiez assez
Des soupirs qui craignaient de se voir repoussés.
Pardonnez à l'éclat d'une illustre fortune[4]
Ce reste de fierté qui craint d'être importune.
Vous ne l'ignorez pas : Andromaque sans vous
N'aurait jamais d'un maître embrassé les genoux.

otes

2. **tantôt** : il y a peu de temps.
3. **amitié** : amour.
4. **fortune** : condition (passée).

PYRRHUS
Non, vous me haïssez ; et dans le fond de l'âme
Vous craignez de devoir quelque chose à ma flamme.
Ce fils même, ce fils, l'objet de tant de soins[1],
Si je l'avais sauvé, vous l'en aimeriez moins.
La haine, le mépris, contre moi tout s'assemble ;
Vous me haïssez plus que tous les Grecs ensemble.
Jouissez à loisir d'un si noble courroux.
Allons, Phœnix.

ANDROMAQUE
Allons rejoindre mon époux.

CÉPHISE
Madame...

ANDROMAQUE
Et que veux-tu que je lui dise encore ?
Auteur de tous mes maux, crois-tu qu'il les ignore ?
Seigneur, voyez l'état où vous me réduisez.
J'ai vu mon père mort, et nos murs embrasés ;
J'ai vu trancher les jours de ma famille entière,
Et mon époux sanglant traîné sur la poussière,
Son fils, seul avec moi, réservé pour les fers[2],
Mais que ne peut un fils ? Je respire, je sers[3].
J'ai fait plus : je me suis quelquefois consolée
Qu'ici, plutôt qu'ailleurs, le sort m'eût exilée ;
Qu'heureux dans son malheur, le fils de tant de rois,
Puisqu'il devait servir, fût tombé sous vos lois.
J'ai cru que sa prison deviendrait son asile.
Jadis Priam[4] soumis fut respecté d'Achille ;
J'attendais de son fils encor plus de bonté.

notes

1. **soins** : sens fort de « soucis ».
2. **fers** : chaînes d'esclaves.
3. **je sers** : je suis esclave.
4. **Priam** : roi de Troie et père d'Hector ; lors de la chute de la ville, il est égorgé par Pyrrhus, sur l'autel du temple de Zeus.

Acte III, scène 7

Pardonne, cher Hector, à ma crédulité.
Je n'ai pu soupçonner ton ennemi d'un crime ;
Malgré lui-même enfin je l'ai cru magnanime[1].
Ah ! s'il l'était assez pour nous laisser du moins
Au tombeau qu'à ta cendre ont élevé mes soins,
Et que, finissant là sa haine et nos misères,
Il ne séparât point des dépouilles[2] si chères !

PYRRHUS
Va m'attendre, Phœnix.

Scène 7

PYRRHUS, ANDROMAQUE, CÉPHISE

PYRRHUS *continue.*

Madame, demeurez.
On peut vous rendre encor ce fils que vous pleurez.
Oui, je sens à regret qu'en excitant vos larmes
Je ne fais contre moi que vous donner des armes.
Je croyais apporter plus de haine en ces lieux.
Mais, Madame, du moins tournez vers moi les yeux :
Voyez si mes regards sont d'un juge sévère,
S'ils sont d'un ennemi qui cherche à vous déplaire.
Pourquoi me forcez-vous vous-même à vous trahir ?
Au nom de votre fils, cessons de nous haïr.
À le sauver enfin c'est moi qui vous convie.
Faut-il que mes soupirs vous demandent sa vie ?
Faut-il qu'en sa faveur j'embrasse vos genoux ?
Pour la dernière fois, sauvez-le, sauvez-vous.
Je sais de quels serments je romps pour vous les chaînes,
Combien je vais sur moi faire éclater de haines.
Je renvoie Hermione, et je mets sur son front,

Notes

1. **magnanime** : généreux, de cœur noble.
2. **dépouilles** : cadavres.

Au lieu de ma couronne, un éternel affront.
Je vous conduis au temple où son hymen s'apprête ;
Je vous ceins du bandeau[1] préparé pour sa tête.
Mais ce n'est plus, Madame, une offre à dédaigner :
Je vous le dis, il faut ou périr ou régner.
Mon cœur, désespéré d'un an d'ingratitude,
Ne peut plus de son sort souffrir l'incertitude.
C'est craindre, menacer et gémir trop longtemps.
Je meurs si je vous perds, mais je meurs si j'attends.
Songez-y : je vous laisse ; et je viendrai vous prendre
Pour vous mener au temple, où ce fils doit m'attendre ;
Et là vous me verrez, soumis ou furieux,
Vous couronner, Madame, ou le perdre à vos yeux[2].

Scène 8

ANDROMAQUE, CÉPHISE

passage analysé

CÉPHISE
Je vous l'avais prédit, qu'en dépit de la Grèce,
De votre sort encor vous seriez la maîtresse.

ANDROMAQUE
Hélas ! de quel effet[3] tes discours sont suivis !
Il ne me restait plus qu'à condamner mon fils.

CÉPHISE
Madame, à votre époux c'est être assez fidèle :
Trop de vertu pourrait vous rendre criminelle.
Lui-même il porterait votre âme à la douceur.

ANDROMAQUE
Quoi ? je lui donnerais Pyrrhus pour successeur ?

notes

1. bandeau : équivalent du diadème.
2. le perdre à vos yeux : le faire périr sous vos yeux.
3. effet : résultat.

Acte III, scène 8

passage analysé

CÉPHISE
Ainsi le veut son fils, que les Grecs vous ravissent.
Pensez-vous qu'après tout ses mânes[1] en rougissent ;
Qu'il méprisât[2], Madame, un roi victorieux
Qui vous fait remonter au rang de vos aïeux,
Qui foule aux pieds pour vous vos vainqueurs en colère,
Qui ne se souvient plus qu'Achille était son père,
Qui dément[3] ses exploits et les rend superflus ?

ANDROMAQUE
Dois-je les oublier, s'il ne s'en souvient plus ?
Dois-je oublier Hector privé de funérailles,
Et traîné sans honneur autour de nos murailles ?
Dois-je oublier son père à mes pieds renversé,
Ensanglantant l'autel qu'il tenait embrassé[4] ?
Songe, songe, Céphise, à cette nuit cruelle
Qui fut pour tout un peuple une nuit éternelle.
Figure-toi Pyrrhus, les yeux étincelants,
Entrant à la lueur de nos palais brûlants,
Sur tous mes frères morts se faisant un passage,
Et de sang tout couvert échauffant[5] le carnage.
Songe aux cris des vainqueurs, songe aux cris des mourants,
Dans la flamme étouffés, sous le fer[6] expirants,
Peins-toi dans ces horreurs Andromaque éperdue :
Voilà comme Pyrrhus vint s'offrir à ma vue ;
Voilà par quels exploits il sut se couronner ;
Enfin voilà l'époux que tu me veux donner.
Non, je ne serai point complice de ses crimes ;

Notes

1. mânes : âmes des morts.
2. Imparfait du subjonctif à valeur de conditionnel.
3. dément : renie.
4. embrassé : il entourait l'autel de ses bras, signe qu'il se plaçait sous la protection des dieux.
5. échauffant : excitant.
6. fer : épée.

Andromaque (Ophélia Teillaud) et Céphise (Claire Lasne) dans la mise en scène de Marc Zammit (1992).

Qu'il nous prenne, s'il veut, pour dernières victimes.
Tous mes ressentiments lui seraient asservis.[1]

CÉPHISE

Hé bien ! allons donc voir expirer votre fils :
On n'attend plus que vous. Vous frémissez, Madame !

ANDROMAQUE

Ah ! de quel souvenir viens-tu frapper mon âme !
Quoi ? Céphise, j'irai voir expirer encor
Ce fils, ma seule joie, et l'image d'Hector :
Ce fils, que de sa flamme il me laissa pour gage !
Hélas ! je m'en souviens, le jour que[2] son courage
Lui fit chercher Achille, ou plutôt le trépas[3].
Il demanda son fils, et le prit dans ses bras :
« Chère épouse, dit-il en essuyant mes larmes
J'ignore quel succès le sort garde[4] à mes armes ;
Je te laisse mon fils pour gage de ma foi.
S'il me perd, je prétends qu'il me retrouve en toi.
Si d'un heureux hymen la mémoire t'est chère,
Montre au fils à quel point tu chérissais le père. »
Et je puis voir répandre un sang si précieux ?
Et je laisse avec lui périr tous ses aïeux ?
Roi barbare, faut-il que mon crime l'entraîne ?
Si je te hais, est-il coupable de ma haine ?
T'a-t-il de tous les siens reproché le trépas ?
S'est-il plaint à tes yeux des maux qu'il ne sent pas ?
Mais cependant, mon fils, tu meurs, si je n'arrête
Le fer que le cruel tient levé sur ta tête.
Je l'en puis détourner, et je t'y vais offrir ?
Non, tu ne mourras point : je ne le puis souffrir.

passage analysé

notes

1. Il faudrait que j'étouffe tous mes ressentiments.
2. que : où.
3. trépas : mort.
4. garde : réserve.

Andromaque

passage analysé

Allons trouver Pyrrhus. Mais non, chère Céphise,
Va le trouver pour moi.

CÉPHISE

Que faut-il que je dise ?

ANDROMAQUE

Dis-lui que de mon fils l'amour est assez fort...
Crois-tu que dans son cœur il ait juré sa mort ?
L'amour peut-il si loin pousser sa barbarie ?

CÉPHISE

Madame, il va bientôt revenir en furie.

ANDROMAQUE

Hé bien ! va l'assurer...

CÉPHISE

De quoi ? de votre foi ?

ANDROMAQUE

Hélas ! pour la promettre est-elle encore à moi ?
Ô cendres d'un époux ! ô Troyens ! ô mon père !
Ô mon fils, que tes jours coûtent cher à ta mère !
Allons.

CÉPHISE

Où donc, Madame, et que résolvez-vous ?[1]

ANDROMAQUE

Allons sur son tombeau consulter mon époux.

suite, p. 103

note

1. que résolvez-vous ? : quelle résolution prenez-vous ?

Cruel dilemme

Lecture analytique de la scène 8 de l'acte III, pp. 88 à 92.

Plus clairement et plus violemment qu'auparavant, Andromaque est face à l'ultimatum posé par Pyrrhus : ou elle l'épouse et règne à ses côtés – son fils est alors sauvé, mais elle est infidèle à la mémoire d'Hector –, ou elle respecte la foi jurée à son mari défunt – mais elle condamne alors son fils, seul reste d'Hector. Parce qu'Andromaque est amante et mère, le dilemme est insoluble.
Cependant, captive soumise à Pyrrhus, Andromaque n'en est pas moins maîtresse du jeu. En dernière instance, c'est elle qui décide et règle le sort des autres personnages. Veuve éplorée, mère désespérée, elle est également, tout autant qu'Hermione, une princesse au caractère fort. Aussi le spectateur est-il dans l'attente inquiète de sa décision.
Loin d'apporter une réponse, la scène 8 développe l'impossible choix. À sa confidente Céphise, Andromaque rappelle les souvenirs douloureux de la fin de Troie. En convoquant sur scène le terrible passé, elle justifie son refus d'épouser Pyrrhus. S'agit-il donc de sacrifier Astyanax ? Pour que le public éprouve avec intensité le déchirement de l'héroïne, la scène 8 donne le spectacle d'Andromaque enfermée dans son dilemme.

Une évocation efficace du douloureux passé (v. 992-1008)

❶ Quel est le procédé* de style employé aux vers 992, 993 et 995 ? Quel est l'effet recherché ?
❷ Relevez les verbes qui impliquent le destinataire dans ce récit. À quel temps sont-ils ? Où figurent-ils dans le vers ?

* *Cf.* Lexique.

❸ À quels mode et temps sont les verbes décrivant Pyrrhus meurtrier ? En vous appuyant sur leur aspect*, dites quel est l'effet produit.
❹ Relevez tous les termes et expressions appartenant au champ lexical* de la destruction.
❺ À quelle figure de rhétorique* concourent les différents procédés relevés dans les questions précédentes ? Quel est l'effet visé ?

Un terrible dilemme

❻ Quels sont les arguments avancés par Céphise ?
❼ Dans les vers 1014-1038, quels sont les différents destinataires d'Andromaque ?
❽ Par quel moyen le souvenir d'Hector est-il rendu plus présent ?
❾ Que peut-on dire sur les vers et la ponctuation de la fin de la scène (v. 1038-1048) ? Que traduisent-ils ?

* *Cf.* Lexique.

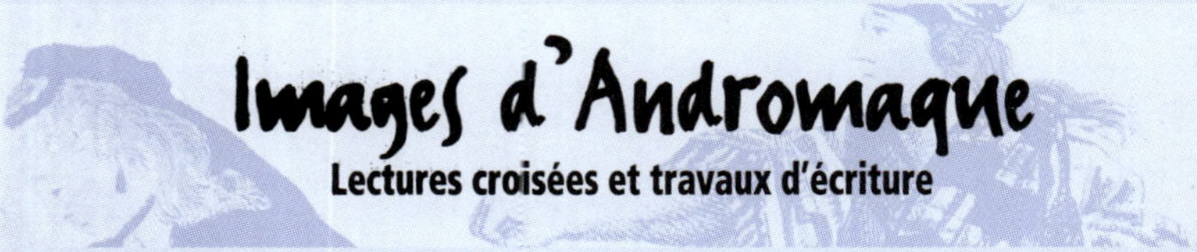

Images d'Andromaque

Lectures croisées et travaux d'écriture

Racine n'est pas le premier, ni le seul, à s'être intéressé à Andromaque. Depuis Homère, Andromaque est un personnage qui a inspiré nombre d'écrivains. Au fil des œuvres, elle apparaît sous des éclairages différents, chacun des auteurs privilégiant un aspect de sa personnalité, investissant de ses propres désirs cet être riche de potentialités.

Dans l'épopée* d'Homère, Andromaque est l'épouse, puis la veuve d'Hector. Elle est aussi la mère d'Astyanax. Chez Racine, elle est d'abord, et surtout, la veuve éplorée d'Hector, hantée par son souvenir. Et c'est parce qu'elle est amante et mère qu'il y a dilemme lorsque Pyrrhus menace son fils. Fière princesse déchue, elle devient chez Baudelaire l'emblème de ceux qui ont *« perdu ce qui ne se retrouve jamais »*, des *« orphelins séchant comme des fleurs »*. Enfin, dans *La guerre de Troie n'aura pas lieu* de Jean Giraudoux, elle redevient l'épouse d'Hector pour s'opposer à l'absurde conflit.

Texte A : Scène 8 de l'acte III d'*Andromaque* de Racine (pp. 88-92)

Texte B : Homère, *Iliade*

Entre autres sources antiques, Racine puise dans l'**Iliade** ***d'Homère (IXe s. av. J.-C.). En particulier, à la scène 8 de l'acte III, le récit des adieux d'Hector à Andromaque (v. 1018-1026) s'inspire du chant VI. Dans l'épopée, c'est un émouvant passage. Le guerrier Hector embrasse pour la dernière fois son tout jeune fils et son épouse. Il ne les reverra jamais.***

À ces mots vers son enfant se pencha l'illustre Hector, mais l'enfant, contre le sein de sa nourrice à la belle ceinture, se rejeta en criant, épouvanté à la vue de son père, effrayé par le bronze et le panache en crins de cheval que, terrible, au sommet du casque, il voyait s'agiter. Son père rit, ainsi que sa mère vénérable. Aussitôt l'illustre Hector ôta le casque de sa tête,

* *Cf.* Lexique.

et le posa à terre, resplendissant. Il embrassa son fils, le berça dans ses bras, puis adressa cette prière à Zeus et aux autres dieux :
« Zeus et autres dieux, accordez-moi que cet enfant, mon fils, devienne, comme moi, illustre parmi les Troyens, ainsi que moi plein de force, et règne avec autorité sur Ilion[1]. Qu'on dise un jour : Il est bien supérieur à son père ! – quand il reviendra du combat. Qu'il rapporte les dépouilles sanglantes de l'ennemi tué par lui, et réjouisse l'âme de sa mère. »
À ces mots, il remit aux mains de sa femme l'enfant. Elle le prit contre son sein parfumé, en souriant sous ses larmes. Son mari en fut touché, le remarquant. Il la caressa de la main, et dit :
« Malheureuse, ne te désole pas pour moi. Jamais malgré le destin aucun homme ne me jettera chez Hadès[2] ; mais au sort aucun homme, je te le dis, n'échappe, ni le lâche, ni le brave, du moment qu'il est né. Va donc à la maison, occupe-toi de tes propres travaux, la toile, la quenouille[3], et à tes servantes ordonne de se mettre au travail. La guerre, les hommes s'en inquiéteront, tous ceux (et moi surtout) qui sont nés à Ilion. »

Homère, *Iliade*, chant VI, v. 466-499, trad. d'Eugène Lasserre, Éditions Flammarion, 1965.

1. Ilion : autre nom de Troie. **2. Hadès** : dieu grec des Morts. **3. quenouille** : bâton où était enroulé le fil filé par les femmes.

Texte C : Charles Baudelaire, *Les Fleurs du mal*

En décembre 1859, Charles Baudelaire (1821-1867) joint « Le Cygne » à une lettre adressée à Victor Hugo. En 1861, le poème intègre le recueil des* Fleurs du mal. *Selon les propres termes de l'auteur, ce texte montre* « comment la vue d'un animal souffrant pousse l'esprit *[...]* vers tous ceux qui sont privés de quelque chose d'irretrouvable ». *Andromaque, veuve d'Hector, est le symbole de ces déshérités.

I

Andromaque, je pense à vous ! Ce petit fleuve,
Pauvre et triste miroir où jadis resplendit
L'immense majesté de vos douleurs de veuve,
Ce Simoïs menteur[1] qui par vos pleurs grandit,

A fécondé soudain ma mémoire fertile,
Comme je traversais le nouveau Carrousel.
Le vieux Paris n'est plus (la forme d'une ville
Change plus vite, hélas ! que le cœur d'un mortel)[2] ;
[...]

II

Paris change ! mais rien dans ma mélancolie
N'a bougé ! palais neufs, échafaudages, blocs,
Vieux faubourgs, tout pour moi devient allégorie[3],
Et mes chers souvenirs sont plus lourds que des rocs.

Aussi devant ce Louvre une image m'opprime :
Je pense à mon grand cygne, avec ses gestes fous,
Comme les exilés, ridicule et sublime,
Et rongé d'un désir sans trêve ! et puis à vous,

Andromaque, des bras d'un grand époux tombée,
Vil bétail, sous la main du superbe[4] Pyrrhus,
Auprès d'un tombeau vide en extase courbée ;
Veuve d'Hector, hélas ! et femme d'Hélénus[5] !

Je pense à la négresse, amaigrie et phtisique[6],
Piétinant dans la boue, et cherchant, l'œil hagard,
Les cocotiers absents de la superbe Afrique
Derrière la muraille immense du brouillard ;

À quiconque a perdu ce qui ne se retrouve
Jamais, jamais ! à ceux qui s'abreuvent de pleurs
Et tètent la Douleur comme une bonne louve[7] !
Aux maigres orphelins séchant comme des fleurs !

Ainsi dans la forêt où mon esprit s'exile
Un vieux Souvenir sonne à plein souffle du cor !
Je pense aux matelots oubliés dans une île,
Aux captifs, aux vaincus !... à bien d'autres encor !

Charles Baudelaire, « Le Cygne », *Les Fleurs du mal*, 1861.

1. Virgile (*Énéide*, chant III) évoque Andromaque, captive en Épire, se rendant sur la tombe d'Hector, au bord d'un cours d'eau imitant le Simoïs, fleuve troyen.
2. Allusion à des travaux de transformation.
3. **allégorie :** symbole.
4. **superbe :** orgueilleux.
5. **Hélénus :** chez Virgile, esclave de Pyrrhus auquel Andromaque est cédée lorsque Pyrrhus épouse Hermione.
6. **phtisique :** tuberculeuse.
7. Allusion à la légende de la fondation de Rome et à la louve qui nourrit Remus et Romulus.

Lectures croisées

Document : *Les Adieux d'Hector et d'Andromaque*

Coupe en biscuit de Sèvres du XVIIIe siècle.

Texte D : Jean Giraudoux, *La guerre de Troie n'aura pas lieu*

Représentée pour la première fois en novembre 1935,* La guerre de Troie n'aura pas lieu *de Jean Giraudoux (1882-1944) est une pièce en deux actes inspirée de l'Antiquité. Elle fait le procès de la guerre. À la scène 6 de l'acte I, Priam est entouré de son épouse Hécube et de ses enfants, son fils Hector et ses filles Cassandre et Polyxène. Avec Andromaque, Pâris et le poète Demokos, ils débattent de la nécessité de la guerre.

PRIAM. Chères filles, votre révolte même prouve que nous avons raison. Est-il une plus grande générosité que celle qui vous pousse à vous battre en ce moment pour la paix, la paix qui vous donnera des maris veules, inoccupés, fuyants, quand la guerre vous fera d'eux des hommes !...

DEMOKOS. Des héros.

HÉCUBE. Nous connaissons le vocabulaire. L'homme en temps de guerre s'appelle le héros. Il peut ne pas en être plus brave, et fuir à toutes jambes. Mais c'est du moins un héros qui détale.

ANDROMAQUE. Mon père[1], je vous en supplie. Si vous avez cette amitié pour les femmes, écoutez ce que toutes les femmes du monde vous disent par ma voix. Laissez-nous nos maris comme ils sont. Pour qu'ils gardent leur agilité et leur courage, les dieux ont créé autour d'eux tant d'entraîneurs vivants ou non vivants ! Quand ce ne serait que l'orage ! Quand ce ne serait que les bêtes ! Aussi longtemps qu'il y aura des loups, des éléphants, des onces[2], l'homme aura mieux que l'homme comme émule[3] et comme adversaire. Tous ces grands oiseaux qui volent autour de nous, ces lièvres dont nous les femmes confondons le poil avec les bruyères sont de plus sûrs garants de la vue perçante de nos maris que l'autre cible, que le cœur de l'ennemi emprisonné dans sa cuirasse. Chaque fois que j'ai vu tuer un cerf ou un aigle, je l'ai remercié. Je savais qu'il mourait pour Hector. Pourquoi voulez-vous que je doive Hector à la mort d'autres hommes ?

PRIAM. Je ne le veux pas, ma petite chérie. Mais savez-vous pourquoi vous êtes là, toutes si belles et si vaillantes ? C'est parce que vos maris et vos pères et vos aïeux furent des guerriers. S'ils avaient été paresseux aux armes, s'ils n'avaient pas su que cette occupation terne et stupide qu'est la vie se justifie soudain et s'illumine par le mépris que les hommes ont d'elle, c'est vous qui seriez lâches et réclameriez la guerre. Il n'y a pas deux façons de se rendre immortel ici-bas, c'est d'oublier qu'on est mortel.

ANDROMAQUE. Oh ! justement, Père, vous le savez bien ! Ce sont les braves qui meurent à la guerre. Pour ne pas y être tué, il faut un grand hasard ou une grande habileté. Il faut avoir courbé la tête ou s'être agenouillé au moins une fois devant le danger. Les soldats qui défilent sous les arcs de triomphe sont ceux qui ont déserté la mort. Comment un pays pourrait-il gagner dans son honneur et dans sa force en les perdant tous les deux ?

PRIAM. Ma fille, la première lâcheté est la première rice d'un peuple.

ANDROMAQUE. Où est la pire lâcheté ? Paraître lâche vis-à-vis des autres et assurer la paix ? Ou être lâche vis-à-vis de soi-même et provoquer la guerre ?

DEMOKOS. La lâcheté est de ne pas préférer à toute mort la mort pour son pays.

HÉCUBE. J'attendais la poésie à ce tournant. Elle n'en manque pas une.

ANDROMAQUE. On meurt toujours pour son pays ! Quand on a vécu en lui digne, actif, sage, c'est pour lui aussi qu'on meurt. Les tués ne sont pas tranquilles sous la terre, Priam. Ils ne se fondent pas en elle pour le repos et l'aménagement éternel. Ils ne deviennent pas sa glèbe[4], sa chair. Quand on retrouve dans le sol une ossature humaine, il y a toujours une épée près d'elle. C'est un os de la terre, un os stérile. C'est un guerrier.

Jean Giraudoux, *La guerre de Troie n'aura pas lieu*, Grasset, 1935.

1. Andromaque s'adresse à Priam, son beau-père.
2. onces : panthères.
3. émule : concurrent.
4. glèbe : terre.

Corpus

Texte A : Scène 8 de l'acte III d'*Andromaque* de Jean Racine (pp. 88-92).
Texte B : Extrait du chant VI de l'*Iliade* d'Homère (pp. 96-97).
Texte C : Extrait du « Cygne », *Les Fleurs du mal* de Charles Baudelaire (pp. 97-98).
Document : *Les Adieux d'Hector et d'Andromaque* (p. 99)
Texte D : Extrait de la scène 6 de l'acte I de *La guerre de Troie n'aura pas lieu* de Jean Giraudoux (pp. 100-101).

Examen des textes et de l'image

❶ Quels éléments rendent émouvants les adieux d'Hector à sa famille (texte B) ?
❷ Quels sont les personnages évoqués par le poème de Charles Baudelaire (texte C) ?
❸ Dans la pièce de Jean Giraudoux (texte D), quels sont les arguments qui s'opposent ?
❹ Qu'est-ce qui, à travers l'attitude des personnages du document, révèle la grande émotion de leurs adieux ?

Travaux d'écriture

Question préliminaire

Dans quels registres* s'inscrivent les textes du corpus ? Justifiez votre réponse.

Commentaire

Vous ferez le commentaire de l'extrait du poème « Le Cygne » de Charles Baudelaire (texte C).

Dissertation

Depuis l'Antiquité, de nombreuses œuvres ont pour thème principal la guerre. S'agit-il toujours de la dénoncer ?
En vous appuyant sur les textes du corpus et vos lectures personnelles, vous vous interrogerez sur les liens qu'entretiennent guerre et littérature.

Écriture d'invention

Metteur en scène de *La guerre de Troie n'aura pas lieu* de Giraudoux (texte D), vous rédigez, à l'attention des acteurs ainsi que des responsables des décors et des costumes, un texte détaillant la représentation que vous projetez : décors, accessoires, costumes, tons, gestes et mouvements des interprètes. Vous veillerez à ce que vos indications reflètent ce que vous aurez déterminé du caractère des personnages et du registre de la scène.

* *Cf.* Lexique.

Acte IV

Scène 1

ANDROMAQUE, CÉPHISE

CÉPHISE
Ah ! je n'en doute point : c'est votre époux, Madame,
C'est Hector qui produit ce miracle en votre âme.
Il veut que Troie encor se puisse relever
Avec cet heureux[1] fils qu'il vous fait conserver.
Pyrrhus vous l'a promis. Vous venez de l'entendre,
Madame : il n'attendait qu'un mot pour vous le rendre.
Croyez-en ses transports[2] : père, sceptre, alliés,
Content de votre cœur, il met tout à vos pieds.
Sur lui, sur tout son peuple il vous rend souveraine.
Est-ce là ce vainqueur digne de tant de haine ?
Déjà contre les Grecs plein d'un noble courroux[3],
Le soin[4] de votre fils le touche[5] autant que vous :
Il prévient[6] leur fureur, il lui laisse sa garde ;

Notes

1. **heureux** : favorisé par la chance.
2. **transports** : manifestations de joie.
3. **courroux** : colère.
4. **soin** : souci.
5. **touche** : préoccupe.
6. **prévient** : à l'avance, il agit contre

Pour ne pas l'exposer, lui-même il se hasarde[1].
Mais tout s'apprête au temple, et vous avez promis.

ANDROMAQUE
Oui, je m'y trouverai. Mais allons voir mon fils.

CÉPHISE
Madame, qui vous presse ? Il suffit que sa vue
Désormais à vos yeux ne soit plus défendue.
Vous lui pourrez bientôt prodiguer vos bontés,
Et vos embrassements ne seront plus comptés.
Quel plaisir d'élever un enfant qu'on voit craître[2],
Non plus comme un esclave élevé pour son maître,
Mais pour voir avec lui renaître tant de rois !

ANDROMAQUE
Céphise, allons le voir pour la dernière fois.

CÉPHISE
Que dites-vous ? ô dieux !

ANDROMAQUE
Ô ma chère Céphise,
Ce n'est point avec toi que mon cœur se déguise.
Ta foi[3], dans mon malheur, s'est montrée à mes yeux ;
Mais j'ai cru qu'à mon tour tu me connaissais mieux.
Quoi donc ? as-tu pensé qu'Andromaque infidèle
Pût trahir un époux qui croit revivre en elle ;
Et que, de tant de morts réveillant la douleur,
Le soin de mon repos me fît troubler le leur ?
Est-ce là cette ardeur tant promise à sa cendre ?
Mais son fils périssait[4] : il l'a fallu défendre,
Pyrrhus en m'épousant s'en déclare l'appui ;
Il suffit : je veux bien m'en reposer sur lui.

notes

1. **hasarde** : prend des risques.
2. **craître** : croître.
3. **foi** : fidélité.
4. **périssait** : allait périr.

Je sais quel est Pyrrhus. Violent, mais sincère,
Céphise, il fera plus qu'il n'a promis de faire.
Sur le courroux des Grecs je m'en repose encor :
Leur haine va donner un père au fils d'Hector.
Je vais donc, puisqu'il faut que je me sacrifie,
Assurer[1] à Pyrrhus le reste de ma vie ;
Je vais, en recevant sa foi[2] sur les autels,
L'engager à mon fils par des nœuds[3] immortels.
Mais aussitôt ma main, à moi seule funeste[4],
D'une infidèle vie abrégera le reste,
Et, sauvant ma vertu, rendra ce que je doi
À Pyrrhus, à mon fils, à mon époux, à moi.
Voilà de mon amour l'innocent stratagème ;
Voilà ce qu'un époux m'a commandé lui-même.
J'irai seule rejoindre Hector et mes aïeux.
Céphise, c'est à toi de me fermer les yeux.

CÉPHISE
Ah ! ne prétendez pas que je puisse survivre...

ANDROMAQUE
Non, non, je te défends, Céphise, de me suivre.
Je confie à tes soins mon unique trésor :
Si tu vivais pour moi, vis pour le fils d'Hector.
De l'espoir des Troyens seule dépositaire,
Songe à combien de rois tu deviens nécessaire.
Veille auprès de Pyrrhus ; fais-lui garder sa foi :
S'il le faut, je consens qu'on lui parle de moi.
Fais-lui valoir l'hymen où je me suis rangée[5] ;
Dis-lui qu'avant ma mort je lui fus engagée,
Que ses ressentiments doivent être effacés,

Notes

1. assurer : engager.
2. foi : engagement.
3. nœuds : liens.
4. funeste : mortelle.
5. l'hymen où je me suis rangée : le mariage auquel j'ai consenti.

Qu'en lui laissant mon fils, c'est l'estimer assez.
Fais connaître à mon fils les héros de sa race ;
Autant que tu pourras, conduis-le sur leur trace.
Dis-lui par quels exploits leurs noms ont éclaté[1] ;
Plutôt ce qu'ils ont fait que ce qu'ils ont été ;
Parle-lui tous les jours des vertus de son père ;
Et quelquefois aussi parle-lui de sa mère.
Mais qu'il ne songe plus, Céphise, à nous venger :
Nous lui laissons un maître, il le doit ménager.
Qu'il ait de ses aïeux un souvenir modeste ;
Il est du sang[2] d'Hector, mais il en est le reste ;
Et pour ce reste enfin j'ai moi-même en un jour
Sacrifié mon sang, ma haine et mon amour.

CÉPHISE

Hélas !

ANDROMAQUE

Ne me suis point, si ton cœur en alarmes[3]
Prévoit qu'il ne pourra commander à tes larmes.
On vient. Cache tes pleurs, Céphise ; et souviens-toi
Que le sort d'Andromaque est commis[4] à ta foi.
C'est Hermione. Allons, fuyons sa violence.

Scène 2

HERMIONE, CLÉONE

CLÉONE

Non, je ne puis assez admirer[5] ce silence.
Vous vous taisez, Madame ; et ce cruel mépris
N'a pas du moindre trouble agité vos esprits ?

notes

1. **éclaté :** brillé.
2. **sang :** famille.
3. **alarmes :** vives inquiétudes.
4. **commis :** confié.
5. **admirer :** m'étonner de.

Acte IV, scène 3

Vous soutenez en paix une si rude attaque,
Vous qu'on voyait frémir au seul nom d'Andromaque ?
Vous qui sans désespoir ne pouviez endurer
Que Pyrrhus d'un regard la voulût honorer ?
Il l'épouse : il lui donne, avec son diadème,
La foi que vous venez de recevoir vous-même,
Et votre bouche encor muette à tant d'ennui[1]
N'a pas daigné s'ouvrir pour se plaindre de lui !
Ah ! que je crains, Madame, un calme si funeste !
Et qu'il vaudrait bien mieux...

HERMIONE

Fais-tu venir Oreste ?

CLÉONE

Il vient, Madame, il vient ; et vous pouvez juger
Que bientôt à vos pieds il allait se ranger[2].
Prêt[3] à servir toujours sans espoir de salaire[4],
Vos yeux ne sont que trop assurés de lui plaire.
Mais il entre.

Scène 3

ORESTE, HERMIONE, CLÉONE

passage analysé

ORESTE

Ah ! Madame, est-il vrai qu'une fois[5]
Oreste en vous cherchant obéisse à vos lois ?
Ne m'a-t-on point flatté d'une fausse espérance ?
Avez-vous en effet[6] souhaité ma présence ?
Croirai-je que vos yeux, à la fin désarmés,
Veulent...

notes

1. **ennui :** sens fort de « tourment ».
2. **se ranger :** se soumettre.
3. Se rapporte à « *lui* », Oreste.
4. **salaire :** récompense.
5. **qu'une fois :** que pour une fois.
6. **en effet :** réellement.

passage analysé

Hermione
Je veux savoir, Seigneur, si vous m'aimez.

Oreste
Si je vous aime ? Ô dieux ! mes serments, mes parjures[1],
Ma fuite, mon retour, mes respects, mes injures[2],
Mon désespoir, mes yeux de pleurs toujours noyés,
Quels témoins[3] croirez-vous, si vous ne les croyez ?

Hermione
Vengez-moi, je crois tout.

Oreste
Hé bien ! allons, Madame :
Mettons encore un coup[4] toute la Grèce en flamme ;
Prenons, en signalant[5] mon bras et votre nom,
Vous, la place d'Hélène[6], et moi, d'Agamemnon[7].
De Troie en ce pays réveillons les misères ;
Et qu'on parle de nous, ainsi que de nos pères.
Partons, je suis tout prêt.

Hermione
Non, Seigneur, demeurons :
Je ne veux pas si loin porter de tels affronts.
Quoi ? de mes ennemis couronnant l'insolence,
J'irais attendre ailleurs une lente vengeance ?
Et je m'en remettrais au destin des combats,
Qui peut-être à la fin ne me vengerait pas ?
Je veux qu'à mon départ toute l'Épire pleure.
Mais si vous me vengez, vengez-moi dans une heure.

notes

1. parjures : actes trahissant ses serments.
2. injures : injustices.
3. témoins : témoignages.
4. encore un coup : à nouveau.
5. en signalant : en rendant remarquables.
6. Hélène : mère d'Hermione ; à l'origine de la guerre de Troie.
7. Agamemnon : père d'Oreste ; assassiné par son épouse Clytemnestre à son retour de Troie.

Acte IV, scène 3

Tous vos retardements[1] sont pour moi des refus.
Courez au temple. Il faut immoler[2]...

ORESTE

Qui ?

HERMIONE

Pyrrhus.

ORESTE

Pyrrhus, Madame ?

HERMIONE

Hé quoi ? votre haine chancelle ?
Ah ! courez, et craignez que je ne vous rappelle.
N'alléguez point[3] des droits que je veux oublier ;
Et ce n'est pas à vous à le justifier.

ORESTE

Moi, je l'excuserais ? Ah ! vos bontés, Madame,
Ont gravé trop avant ses crimes dans mon âme.
Vengeons-nous, j'y consens, mais par d'autres chemins.
Soyons ses ennemis, et non ses assassins :
Faisons de sa ruine une juste conquête.
Quoi ? pour réponse, aux Grecs porterai-je sa tête ?
Et n'ai-je pris sur moi le soin de tout l'État
Que pour m'en acquitter par un assassinat ?
Souffrez[4], au nom des dieux, que la Grèce s'explique,
Et qu'il meure chargé de la haine publique.
Souvenez-vous qu'il règne, et qu'un front couronné...

HERMIONE

Ne vous suffit-il pas que je l'ai condamné ?
Ne vous suffit-il pas que ma gloire offensée

passage analysé

notes

1. **retardements** : hésitations.
2. **immoler** : sacrifier.
3. **N'alléguez point** : n'avancez point comme justification.
4. **Souffrez** : permettez.

Demande une victime à moi seule adressée ;
Qu'Hermione est le prix d'un tyran opprimé[1] ;
Que je le hais ; enfin, Seigneur, que je l'aimai ?
Je ne m'en cache point : l'ingrat m'avait su plaire,
Soit qu'ainsi l'ordonnât mon amour ou mon père,
N'importe ; mais enfin réglez-vous là-dessus.
Malgré mes vœux[2], Seigneur, honteusement déçus,
Malgré la juste horreur que son crime me donne,
Tant qu'il vivra craignez que je ne lui pardonne.
Doutez jusqu'à sa mort d'un courroux incertain :
S'il ne meurt aujourd'hui, je puis l'aimer demain.

ORESTE

Hé bien ! il faut le perdre[3], et prévenir sa grâce[4] ;
Il faut... Mais cependant que faut-il que je fasse ?
Comment puis-je sitôt servir votre courroux ?
Quel chemin jusqu'à lui peut conduire mes coups ?
À peine suis-je encore arrivé dans l'Épire,
Vous voulez par mes mains renverser un empire ;
Vous voulez qu'un roi meure, et pour son châtiment
Vous ne donnez qu'un jour, qu'une heure, qu'un moment.
Aux yeux de tout son peuple il faut que je l'opprime[5] !
Laissez-moi vers l'autel conduire ma victime,
Je ne m'en défends plus ; et je ne veux qu'aller
Reconnaître la place où je dois l'immoler.
Cette nuit je vous sers, cette nuit je l'attaque.

HERMIONE

Mais cependant ce jour il épouse Andromaque.
Dans le temple déjà le trône est élevé ;
Ma honte est confirmée et son crime achevé.

passage analysé

notes

1. **d'un tyran opprimé :** de la mort d'un tyran.
2. **vœux :** amour.
3. **perdre :** faire périr.
4. **prévenir sa grâce :** agir avant que vous ne lui pardonniez.
5. **opprime :** tue.

Hermione (Miou-Miou) et Oreste (Richard Berry) dans la mise en scène de Roger Planchon (1989).

Enfin qu'attendez-vous ? Il vous offre sa tête :
Sans gardes, sans défense, il marche à cette fête :
Autour du fils d'Hector il les fait tous ranger ;
Il s'abandonne au bras qui me voudra venger.
Voulez-vous, malgré lui, prendre soin de sa vie ?
Armez, avec vos Grecs, tous ceux qui m'ont suivie ;
Soulevez vos amis : tous les miens sont à vous.
Il me trahit, vous trompe, et nous méprise tous.
Mais quoi ? déjà leur haine est égale à la mienne :
Elle épargne à regret l'époux d'une Troyenne.
Parlez : mon ennemi ne vous peut échapper,
Ou plutôt il ne faut que les laisser frapper.
Conduisez ou suivez une fureur si belle ;
Revenez tout couvert du sang de l'infidèle ;
Allez : en cet état soyez sûr de mon cœur.

ORESTE

Mais, Madame, songez...

HERMIONE

Ah ! c'en est trop, Seigneur.
Tant de raisonnements offensent ma colère.
J'ai voulu vous donner les moyens de me plaire,
Rendre Oreste content ; mais enfin je vois bien
Qu'il veut toujours se plaindre, et ne mériter rien.
Partez : allez ailleurs vanter votre constance,
Et me laissez ici le soin de ma vengeance.
De mes lâches bontés mon courage[1] est confus,
Et c'est trop en un jour essuyer de refus.
Je m'en vais seule au temple où leur hymen s'apprête,
Où vous n'osez aller mériter ma conquête.
Là, de mon ennemi je saurai m'approcher :

note

1. **courage** : cœur.

Acte IV, scène 3

passage analysé

Je percerai le cœur que je n'ai pu toucher ;
Et mes sanglantes mains, sur moi-même tournées,
Aussitôt, malgré lui, joindront nos destinées
Et, tout ingrat qu'il est, il me sera plus doux
De mourir avec lui que de vivre avec vous.

ORESTE
Non, je vous priverai de ce plaisir funeste,
Madame : il ne mourra que de la main d'Oreste.
Vos ennemis par moi vont vous être immolés,
Et vous reconnaîtrez mes soins[1], si vous voulez.

HERMIONE
Allez. De votre sort laissez-moi la conduite.
Et que tous vos vaisseaux soient prêts pour notre fuite.

suite, p. 125

Vengeance parricide

Lecture analytique de la scène 3 de l'acte IV, pp. 107 à 113.

À l'ouverture de l'acte IV, Andromaque s'est résolue à épouser Pyrrhus pour sauver son fils Astyanax et, à peine mariée, à se suicider afin de conserver sa fidélité à Hector. Ce revirement d'Andromaque fait le malheur d'Hermione, auprès de laquelle Pyrrhus venait de réitérer son engagement. Son amour et ses espoirs bafoués, sa gloire et son orgueil piétinés, Hermione n'aspire plus qu'à se venger. Cette fois, elle n'hésite pas à se tourner vers Oreste, l'éternel prétendant prêt à tout pour elle, et lui demande de lui immoler Pyrrhus.

Oreste recule devant le régicide. Ambassadeur des Grecs, il défend un règlement politique de l'affaire et s'oppose à l'assassinat. Cependant, enchaîné à sa passion, il ne peut résister à la jeune fille et cède au chantage affectif d'Hermione.

Reste qu'au moment où tout s'accélère, où Hermione scelle de manière irréversible le destin de Pyrrhus, son discours trahit encore son amour pour l'infidèle et l'espoir qu'il lui revienne.

Un face-à-face inégal

❶ Quels sont les arguments avancés par Hermione pour convaincre Oreste ? De quelle nature sont-ils ?

❷ Quel type d'arguments Oreste oppose-t-il ?

❸ Montrez que le ton d'Hermione laisse peu de place à la discussion.

Le discours de la haine et de l'amour

❹ Relevez les éléments qui montrent qu'Hermione peut encore pardonner à Pyrrhus.

scène 3 de l'acte IV, pp. 107 à 13

5 Dans les vers 1241 à 1248, quels termes et expressions trahissent l'amour d'Hermione pour Pyrrhus ?
6 Quelle réplique révèle qu'Oreste sait qu'il n'obtiendra rien d'Hermione ?

L'urgence tragique*

7 Relevez les indications qui contribuent à l'accélération du rythme et à l'impression d'urgence.
8 Quels vers disent qu'Hermione peut changer d'avis ?
9 Relevez les termes et expressions appartenant au champ lexical* du sacrifice.
10 Dans les vers 1201 à 1213, quels éléments montrent qu'Oreste se « *livre en aveugle au destin qui* [l']*entraîne* » (v. 98) ?

* *Cf.* Lexique.

Aliénation amoureuse

Lectures croisées et travaux d'écriture

Pour Hermione, Oreste est prêt à tout. La jeune fille le sait et n'hésite pas à se servir des sentiments de son malheureux prétendant pour mener à bien sa vengeance. Aliéné, aveuglé par sa passion, Oreste cède, même s'il devine que jamais il ne possédera Hermione. Par amour pour elle, il va devenir un assassin, un régicide.

Dans *Andromaque*, l'amour est peint comme une passion destructrice, oublieuse de tout devoir, de toute morale. Et sans doute s'agit-il de mettre en garde le spectateur contre cet emportement auquel rien ne résiste.

Lorsqu'en 1731 l'abbé Prévost fait publier *Manon Lescaut*, il entend également montrer à quels excès l'amour peut conduire. D'après l'auteur, le chevalier Des Grieux, cet *« homme de qualité »* qui se perd pour Manon, est *« un exemple terrible de la force des passions »*. Même si l'on peut aussi voir, tout au contraire, non une leçon de morale visant à préserver de l'amour, mais une leçon d'amour, reste que le chevalier s'abandonne totalement à sa passion et perd peu à peu tout sens du devoir.

Dans *Carmen* de Mérimée paru en 1845, la peinture de l'amour comme une passion destructrice est moins ambivalente. Subjugué par la gitane Carmen, don José, un jeune noble, va en prison, devient bandit et meurtrier, puis assassine Carmen. Lui aussi, comme le chevalier Des Grieux, était un jeune homme plein d'espoir avant la rencontre fatale.

La littérature contemporaine se nourrit toujours de ce thème. Dans le roman *Mademoiselle Chambon* (1996) d'Éric Holder, dès que l'héroïne, une jeune institutrice, rencontre le père de l'un de ses élèves, leur vie à tous deux bascule, et leur comportement devient méconnaissable.

Texte A : Scène 3 de l'acte IV d'*Andromaque* de Jean Racine (pp. 107-113)

Texte B : Abbé Prévost, *Histoire du chevalier Des Grieux et de Manon Lescaut*

En 1731, paraît l'*Histoire du chevalier Des Grieux et de Manon Lescaut*. Le récit n'est alors qu'une partie des* Mémoires d'un homme de qualité*. En 1753, édité séparément, il connaît un succès jamais démenti. Mais, si l'abbé Prévost (1697-1763) veut donner une leçon de morale, le roman est aussi et surtout une leçon d'amour. Certes dépravés, Manon et Des Grieux n'en sont pas moins vertueux, et leurs mauvaises actions contrastent toujours avec leurs bons sentiments. L'amour est dévastateur, la passion est fatale, mais leur description les rend désirables. La première rencontre entre les deux futurs amants, narrée par Des Grieux, est marquée par cette ambiguïté.

J'avais marqué[1] le temps de mon départ d'Amiens. Hélas, que ne le marquais-je un jour plus tôt ! j'aurais porté chez mon père toute mon innocence. La veille même de celui que je devais quitter cette ville, étant à me promener avec mon ami, qui s'appelait Tiberge, nous vîmes arriver le coche d'Arras, et nous le suivîmes jusqu'à l'hôtellerie où ces voitures descendent. Nous n'avions pas d'autre motif que la curiosité. Il en sortit quelques femmes, qui se retirèrent aussitôt. Mais il en resta une, fort jeune, qui s'arrêta seule dans la cour, pendant qu'un homme d'un âge avancé, qui paraissait lui servir de conducteur, s'empressait pour faire tirer son équipage des paniers[2]. Elle me parut si charmante que moi, qui n'avais jamais pensé à la différence des sexes, ni regardé une fille avec un peu d'attention, moi, dis-je, dont tout le monde admirait la sagesse et la retenue, je me trouvai enflammé tout d'un coup jusqu'au transport. J'avais le défaut d'être excessivement timide et facile à déconcerter ; mais loin d'être arrêté alors par cette faiblesse, je m'avançais vers la maîtresse de mon cœur. Quoiqu'elle fût encore moins âgée que moi, elle reçut mes politesses sans paraître embarrassée. Je lui demandai ce qui l'amenait à Amiens et si elle y avait quelques personnes de connaissance. Elle me répondit ingénument qu'elle y était envoyée par ses parents pour être religieuse. L'amour me rendait déjà si éclairé, depuis un moment qu'il était dans mon cœur, que je regardai ce dessein comme un coup mortel pour mes désirs. Je lui parlai d'une manière qui lui fit comprendre mes sentiments, car elle était bien plus expérimentée que moi. C'était malgré elle qu'on l'envoyait au couvent, pour arrêter sans doute son penchant au plaisir, qui s'était déjà déclaré et qui a causé, dans la suite, tous ses malheurs et les miens. Je combattis la cruelle intention de ses parents par toutes les raisons que mon amour naissant et mon éloquence scolastique[3] purent me suggérer. Elle n'affecta ni rigueur ni dédain. Elle me dit, après un moment de silence, qu'elle ne prévoyait que trop qu'elle allait être malheureuse, mais que c'était apparemment la volonté du Ciel, puisqu'il ne lui laissait nul moyen de l'éviter. La douceur de ses regards, un air charmant de tristesse en prononçant ces paroles, ou plutôt l'ascendant[4] de ma destinée qui m'entraînait à ma perte, ne me permirent pas de balancer[5] un moment sur la réponse. Je l'assurai que, si elle voulait faire quelque fond sur[6] mon honneur et sur la tendresse infinie qu'elle m'inspirait déjà, j'emploierais ma vie pour la délivrer de la tyrannie de ses parents, et pour la rendre heureuse. Je me suis étonné mille fois, en y réfléchissant, d'où me venait alors tant de hardiesse et de facilité à m'exprimer, mais on ne ferait pas une divinité de l'amour, s'il n'opérait souvent des prodiges.

Abbé Prévost, *Histoire du chevalier Des Grieux et de Manon Lescaut*, 1731.

1. marqué : décidé. **2. paniers :** coffres en osier où étaient placés les bagages.
3. scolastique : apprise à l'école. **4. ascendant :** influence. **5. balancer :** hésiter.
6. faire quelque fond sur : parier.

Texte C : Prosper Mérimée, *Carmen*

En 1845 paraît* Carmen *de Mérimée (1803-1870), une nouvelle d'aventures et d'amour baignée de sang. Emporté par sa passion fatale pour Carmen, don José, un jeune homme basque plein d'avenir, tue un officier qui faisait la cour à celle-ci, puis devient bohémien et contrebandier. Dans cet extrait, Carmen, cette diabolique enchanteresse qui connaît son pouvoir sur son amant, incite don José, le narrateur, à tuer son mari Garcia. Il résiste, mais Carmen est la plus forte. Le meurtre suivra de peu.

Sa jalousie[1] était entr'ouverte, et je vis son grand œil noir qui me guettait. Le domestique poudré m'introduisit aussitôt ; Carmen lui donna une commission, et dès que nous fûmes seuls, elle partit d'un de ses éclats de rire de crocodile, et se jeta à mon cou. Je ne l'avais jamais vue si belle. Parée comme une madone, parfumée... des meubles de soie, des rideaux brodés... ah !... et moi fait[2] comme un voleur que j'étais.
« Minchorrô[3] ! disait Carmen, j'ai envie de tout casser ici, de mettre le feu à la maison et de m'enfuir à la sierra. »

Et c'étaient des tendresses !... et puis des rires !... et elle dansait, et elle déchirait ses falbalas[4] ; jamais singe ne fit plus de grimaces, de gambades, de diableries. Quand elle eut repris son sérieux :

« Écoute, me dit-elle, il s'agit de Égypte. Je veux qu'il[5] me mène à Ronda, où j'ai une sœur religieuse... (Ici nouveaux éclats de rire) Nous passons par un endroit que je te ferai dire. Vous tombez sur lui : pillé rasibus. Le mieux serait de l'escoffier[6], mais, ajouta-t-elle avec un sourire diabolique qu'elle avait dans de certains moments, et ce sourire-là, personne n'avait alors envie de l'imiter, – sais-tu ce qu'il faudrait faire ? Que le Borgne[7] paraisse le premier. Tenez-vous un peu en arrière ; l'Écrevisse est brave et adroit : il a de bons pistolets... Comprends-tu ? »

Elle s'interrompit par un nouvel éclat de rire qui me fit frissonner.

« Non, lui dis-je : je hais Garcia, mais c'est mon camarade. Un jour peut-être je t'en débarrasserai, mais nous réglerons nos comptes à la façon de mon pays. Je ne suis égyptien que par hasard ; et pour certaines choses, je serai toujours franc navarrais[8], comme dit le proverbe. »

Elle reprit :

« Tu es une bête, un niais, un vrai *payllo*[9]. Tu es comme le nain qui se croit grand quand il a pu cracher loin. Tu ne m'aimes pas, va-t'en. »

Quand elle me disait : Va-t'en ! je ne pouvais m'en aller.

Prosper Mérimée, *Carmen*, extrait du chapitre III, 1845.

1. **jalousie :** volet qui permet de voir sans être vu.
2. **fait :** vêtu.
3. **Minchorrô :** mon amant, mon caprice.
4. **falbalas :** volants qui ornent le bas de la robe.
5. L'Anglais que Carmen et les contrebandiers veulent dépouiller. Désigné plus loin par « l'Écrevisse ».
6. **escoffier :** tuer.
7. **le Borgne :** Garcia, le mari de Carmen, est borgne.
8. **franc navarrais :** vrai navarrais, habitant de Navarre.
9. ***payllo*** : désigne celui qui n'appartient pas à la communauté des gitans.

Texte D : Mérimée, *Carmen*

Après avoir débarrassé Carmen de son mari Garcia, don José prend la place de celui-ci. Mais, si Carmen était attirée par l'amant, elle ne l'est plus par l'époux. Elle s'éloigne et multiplie les infidélités. Jaloux, don José lui propose de partir avec lui en Amérique. Carmen refuse et déclare ne plus l'aimer. Poussé à bout, don José commet le geste fatal.

« Tu veux me tuer, je le vois bien, dit-elle ; c'est écrit, mais tu ne me feras pas céder.

– Je t'en prie, lui dis-je, sois raisonnable. Écoute-moi ! tout le passé est oublié. Pourtant, tu le sais, c'est toi qui m'as perdu ; c'est pour toi que je suis devenu un voleur et un meurtrier. Carmen ! ma Carmen ! laisse-moi te sauver et me sauver avec toi.
– José, répondit-elle, tu me demandes l'impossible. Je ne t'aime plus ; toi, tu m'aimes encore, et c'est pour cela que tu veux me tuer. Je pourrais bien encore te faire quelque mensonge ; mais je ne veux pas m'en donner la peine. Tout est fini entre nous. Comme mon rom[1], tu as le droit de tuer ta romi ; mais Carmen sera toujours libre. *Calli*[2] elle est née, *calli* elle mourra.
– Tu aimes donc Lucas[3] ? lui demandai-je.
– Oui, je l'ai aimé, comme toi, un instant, moins que toi peut-être. À présent, je n'aime plus rien, et je me hais pour t'avoir aimé. »
Je me jetai à ses pieds, je lui pris les mains, je les arrosai de mes larmes. Je lui rappelai tous les moments de bonheur que nous avions passés ensemble. Je lui offris de rester brigand pour lui plaire. Tout, monsieur[4], tout ; je lui offris tout, pourvu qu'elle voulût m'aimer encore !
Elle me dit :
« T'aimer encore, c'est impossible. Vivre avec toi, je ne le veux pas. »
La fureur me possédait. Je tirai mon couteau. J'aurais voulu qu'elle eût peur et me demandât grâce, mais cette femme était un démon.
« Pour la dernière fois, m'écriai-je, veux-tu rester avec moi ?
– Non ! non ! non ! » dit-elle en frappant du pied.
Et elle tira de son doigt une bague que je lui avais donnée, et la jeta dans les broussailles.
Je la frappai deux fois.

Prosper Mérimée, *Carmen*, 1845.

1. *Rom* désigne la mari et *romi* la femme. **2.** *Calli* : nom que les bohémiens se donnent. **3.** Nouvel amant de Carmen. **4.** Le récit de don José est enchâssé. Il raconte son histoire à un autre personnage, lui aussi narrateur.

Texte E : Éric Holder, *Mademoiselle Chambon*

En 1996, Éric Holder (né en 1960) publie **Mademoiselle Chambon.** ***Ce court roman peint la passion interdite qui bouleverse la vie de Véronique Chambon, la jeune institutrice d'un petit village, et celle du maçon Antonio, le père d'un élève. Ici Véronique évoque son désarroi. Dans le désœuvrement des grandes vacances, elle se retrouve face à elle-même, seule avec son terrible amour. Entre les deux personnages, rien n'a été dit, rien ne s'est produit. Pourtant, ils sont liés l'un à l'autre dans une même dépendance vitale.***

L'école est fermée depuis une semaine, et je suis toujours ici. Je ne comprends rien à mon état, qui est d'errer la journée durant dans mon appartement. Je m'assois au bord du lit, je crois encore y être, et me voici sur une chaise, cette fois, à l'autre bout de la pièce, regardant avec stupéfaction une pomme dans laquelle je viens de mordre.
Tantôt je me retrouve le front collé au carreau de la fenêtre, tantôt je suis debout, une main posée sur le dessus du Frigidaire. Depuis combien de temps cette main est-elle là ? Qu'étais-je venue chercher ? Je tâche de me souvenir et je ne me souviens pas.
J'ai conscience que la chaleur, au-dehors, a commencé d'augmenter de façon anormale. Pourtant, ici, je frissonne, il me faut un châle de toute urgence. À peine l'ai-je mis que je dois l'enlever. Je m'endors le matin, ou l'après-midi. Je me réveille, il fait nuit noire.
Ce petit miroir, suspendu dans un coin de l'appartement et dans lequel je vérifiais autrefois avec une sorte de joie que tout était en place, les pommettes sous un léger blush, les sourcils épilés – mes seules concessions à un peu d'artifice, et l'on ébouriffait du bout des doigts, sur le front, les cheveux, c'était le signe que cela allait, qu'on était prête pour la vie –, voilà que je passe à présent des heures devant. Je cherche quelque chose, ou bien quelqu'un à qui me raccrocher dans les joues trop creuses, leur peau trop blanche, les cernes sous les yeux et le nez en arête. Je ne trouve personne. Et ce que je n'attrape plus dans mon reflet, il n'y a que l'écriture, je crois, pour me le rendre.

Il y a donc des moments d'absence, où j'oublie ce que je faisais la minute d'avant. Il y a aussi des moments de présence, rares – je me dis qu'il faudrait que je descende acheter à manger, ou bien je passe l'aspirateur. Les gens qui ont perdu un être cher doivent éprouver cela. La différence, c'est que, lorsqu'ils se souviennent de lui, je pense à toi.
Ce sont tes mains, d'abord. Tu as des mains d'homme du désert, faites pour toucher la pierre et le sable, la bride, le crin. Et puis c'est ton visage. Mais, de la même façon, ce n'est pas exactement ton visage, c'est ce qu'il crée en moi, et que je n'aurais su dire avant que tu m'emmènes là-haut, au-dessus des champs de blé[1]. Car si j'évoque maintenant tes yeux, ta bouche, ton front, je vois ce que tu m'as montré, les tiges qui ployaient sous le poids des épis lourds, le creux très doux en bas de la pente, et cette ville dont les lumières s'allumaient comme une promesse, comme un miracle à venir.

Ce n'est qu'un début, Antonio. J'imagine ensuite l'avenir, j'imagine ce qui se passerait si tu me touchais. J'échafaude des dizaines de stratagèmes qui aboutissent, tous, à cet instant-là.
Soudain, on rouvre les yeux. On est assise au bord du lit. Ou bien sur une chaise. On croque dans une pomme.

Éric Holder, *Mademoiselle Chambon*, Éditions Flammarion, 1996.

1. Antonio a montré à Véronique un endroit qu'il aime particulièrement.

Document : Camille Claudel, *Sakountala*

Cette œuvre est aussi connue sous les noms de* Çacountala, *ou* L'Abandon, *ou* Vertumne et Pomone. *Sa genèse remonte à 1886. Le marbre blanc sur socle rouge présenté ici date de 1905.

Corpus

Texte A : Scène 3 de l'acte IV d'*Andromaque* de Jean Racine (pp. 107-113).
Texte B : Extrait de *Manon Lescaut* de l'abbé Prévost (pp. 117-118).
Texte C : Extrait de *Carmen* de Prosper Mérimée (pp. 118-119).
Texte D : Extrait de *Carmen* de Prosper Mérimée (pp. 119-120).
Texte E : Extrait de *Mademoiselle Chambon* d'Éric Holder (pp. 120-122).
Document : *Sakountala* de Camille Claudel (p. 122).

Examen des textes et de l'image

❶ Quels indices révèlent que Manon est plus avertie que Des Grieux (texte B) ?
❷ Quels sont les points de vue adoptés successivement par le narrateur Des Grieux (texte B) ?
❸ D'après le premier extrait de *Carmen* (texte C), que pouvez-vous dire de la relation qui unit Carmen et don José ?
❹ En vous appuyant sur les textes C et D, définissez les traits essentiels du caractère de Carmen.
❺ Dans le texte D, quels sont les deux champs lexicaux* les mieux représentés ?
❻ Dans le texte E, comment se manifeste le désarroi de Véronique ?
❼ Quel procédé d'écriture traduit très explicitement son altération (texte E) ?
❽ Dans quelle mesure peut-on parler d'une solitude et, dans le même temps, d'une plénitude ressenties par l'héroïne (texte E) ?
❾ Quelle est la position de l'homme (document) ? Que suggère-t-elle ?
❿ Que traduit l'attitude de la femme (document) ?
⓫ Selon vous, pourquoi peut-on dire que le couple de cette sculpture s'étreint d'une manière à la fois ardente et chaste ?

* *Cf.* Lexique.

Travaux d'écriture

Question préliminaire

De quels registres* relèvent les textes du corpus ? Justifiez votre réponse.

Commentaire

Vous ferez le commentaire de l'extrait de *Manon Lescaut* de l'abbé Prévost (texte B).

Dissertation

La passion amoureuse est-elle toujours néfaste ? N'est-elle pas aussi exaltation de l'être et source d'inspiration ?

En vous appuyant sur les textes du corpus et vos lectures personnelles, vous vous interrogerez sur les représentations littéraires de la passion amoureuse.

Écriture d'invention

Rédigez la rencontre du chevalier Des Grieux et de Manon en prenant Manon comme narratrice.

* *Cf.* Lexique.

Acte IV, scène 4

cène 4

HERMIONE, CLÉONE

CLÉONE
Vous vous perdez, Madame ; et vous devez songer...

HERMIONE
Que je me perde ou non, je songe à me venger.
Je ne sais même encor, quoi qu'il m'ait pu promettre,
Sur d'autres que sur moi si je dois m'en remettre.
Pyrrhus n'est pas coupable à ses yeux comme aux miens,
Et je tiendrais[1] mes coups bien plus sûrs que les siens.
Quel plaisir de venger moi-même mon injure[2],
De retirer mon bras teint du sang du parjure,
Et, pour rendre sa peine et mes plaisirs plus grands,
De cacher ma rivale à ses regards mourants !
Ah ! si du moins Oreste, en punissant son crime,
Lui laissait le regret de mourir ma victime[3] !
Va le trouver : dis-lui qu'il apprenne à l'ingrat
Qu'on l'immole à ma haine, et non pas à l'État.
Chère Cléone, cours. Ma vengeance est perdue
S'il ignore en mourant que c'est moi qui le tue.

CLÉONE
Je vous obéirai. Mais qu'est-ce que je voi[4] ?
Ô dieux ! Qui l'aurait cru, Madame ? C'est le Roi !

HERMIONE
Ah ! cours après Oreste ; et dis-lui, ma Cléone,
Qu'il n'entreprenne rien sans revoir Hermione.

otes

. **tiendrais :** estimerais.
. **mon injure :** l'injure qu'on m'a faite.
. **mourir ma victime :** mourir en sachant qu'il st ma victime.
4. voi : orthographe ancienne rimant pour l'œil avec « *Roi* ».

Andromaque

Scène 5

PYRRHUS, HERMIONE, PHŒNIX

PYRRHUS

Vous ne m'attendiez pas, Madame ; et je vois bien
Que mon abord[1] ici trouble votre entretien.
Je ne viens point, armé d'un indigne artifice,
D'un voile d'équité couvrir mon injustice :
Il suffit que mon cœur me condamne tout bas ;
Et je soutiendrais mal ce que je ne crois pas.
J'épouse une Troyenne. Oui, Madame, et j'avoue
Que je vous ai promis la foi que je lui voue.
Un autre vous dirait que dans les champs[2] troyens
Nos deux pères sans nous formèrent ces liens,
Et que, sans consulter ni mon choix ni le vôtre,
Nous fûmes sans amour engagés l'un à l'autre ;
Mais c'est assez pour moi que je me sois soumis.
Par mes ambassadeurs mon cœur vous fut promis ;
Loin de les révoquer[3], je voulus y souscrire.
Je vous vis avec eux arriver en Épire ;
Et quoique d'un autre œil l'éclat victorieux
Eût déjà prévenu[4] le pouvoir de vos yeux,
Je ne m'arrêtai point à cette ardeur nouvelle :
Je voulus m'obstiner à vous être fidèle ;
Je vous reçus en reine ; et jusques à ce jour
J'ai cru que mes serments me tiendraient lieu d'amour.
Mais cet amour l'emporte, et par un coup funeste
Andromaque m'arrache un cœur qu'elle déteste.
L'un par l'autre entraînés, nous courons à l'autel
Nous jurer, malgré nous, un amour immortel.
Après cela, Madame, éclatez[5] contre un traître,

notes

1. **abord** : arrivée.
2. **champs** : champs de bataille.
3. **révoquer** : désavouer.
4. **prévenu** : devancé.
5. **éclatez** : manifestez avec éclat votre ressentiment.

Acte IV, scène 5

Qui l'est avec douleur, et qui pourtant veut l'être.
Pour moi, loin de contraindre un si juste courroux,
Il me soulagera peut-être autant que vous.
Donnez-moi tous les noms destinés aux parjures :
Je crains votre silence, et non pas vos injures ;
Et mon cœur, soulevant mille secrets témoins[1],
M'en dira d'autant plus que vous m'en direz moins.

HERMIONE

Seigneur, dans cet aveu dépouillé d'artifice,
J'aime à voir que du moins vous vous rendiez justice,
Et que, voulant bien[2] rompre un nœud si solennel,
Vous vous abandonniez au crime en criminel.
Est-il juste, après tout, qu'un conquérant s'abaisse
Sous la servile loi de garder sa promesse ?
Non, non, la perfidie a de quoi vous tenter,
Et vous ne me cherchez que pour vous en vanter.
Quoi ? sans que ni serment ni devoir vous retienne,
Rechercher une Grecque, amant d'une Troyenne ?
Me quitter, me reprendre et retourner encor
De la fille d'Hélène à la veuve d'Hector ?
Couronner tour à tour l'esclave et la princesse ;
Immoler Troie aux Grecs, au fils d'Hector la Grèce ?
Tout cela part d'un cœur toujours maître de soi,
D'un héros qui n'est point esclave de sa foi.
Pour plaire à votre épouse, il vous faudrait peut-être
Prodiguer les doux noms de parjure et de traître.
Vous veniez de mon front observer la pâleur,
Pour aller dans ses bras rire de ma douleur.
Pleurante après son char vous voulez qu'on me voie ;
Mais, Seigneur, en un jour ce serait trop de joie ;
Et sans chercher ailleurs des titres empruntés,

Notes

1. **témoins** : preuves.

2. **voulant bien** : fermement décidé à.

Ne vous suffit-il pas de ceux que vous portez ?
Du vieux père d'Hector la valeur abattue
Aux pieds de sa famille expirante à sa vue,
Tandis que dans son sein votre bras enfoncé
Cherche un reste de sang que l'âge avait glacé ;
Dans des ruisseaux de sang Troie ardente[1] plongée,
De votre propre main Polyxène[2] égorgée
Aux yeux de tous les Grecs indignés contre vous :
Que peut-on refuser à ces généreux coups[3] ?

PYRRHUS
Madame, je sais trop à quels excès de rage
La vengeance d'Hélène emporta mon courage[4] ;
Je puis me plaindre à vous du sang que j'ai versé ;
Mais enfin je consens d'oublier le passé.
Je rends grâces au ciel que votre indifférence
De mes heureux soupirs m'apprenne l'innocence.
Mon cœur, je le vois bien, trop prompt à se gêner[5],
Devait[6] mieux vous connaître et mieux s'examiner.
Mes remords vous faisaient une injure mortelle ;
Il faut se croire aimé pour se croire infidèle.
Vous ne prétendiez point m'arrêter dans vos fers[7] :
J'ai craint de vous trahir, peut-être je vous sers.
Nos cœurs n'étaient point faits dépendants l'un de l'autre ;
Je suivais mon devoir, et vous cédiez au vôtre.
Rien ne vous engageait à m'aimer en effet[8].

HERMIONE
Je ne t'ai point aimé, cruel ? Qu'ai-je donc fait ?
J'ai dédaigné pour toi les vœux de tous nos princes ;

notes

1. **ardente :** en flammes.
2. **Polyxène :** fille de Priam et Hécube, sacrifiée par Pyrrhus sur la tombe de son père Achille.
3. **coups :** actions.
4. **courage :** cœur.
5. **gêner :** torturer.
6. **devait :** aurait dû.
7. **fers :** amour.
8. **en effet :** effectivement.

Acte IV, scène 5

Je t'ai cherché moi-même au fond de tes provinces[1] ;
J'y suis encor, malgré tes infidélités,
Et malgré tous mes Grecs honteux de mes bontés.
Je leur ai commandé de cacher mon injure[2] ;
J'attendais en secret le retour d'un parjure ;
J'ai cru que tôt ou tard, à ton devoir rendu,
Tu me rapporterais un cœur qui m'était dû.
Je t'aimais inconstant, qu'aurais-je fait fidèle ?
Et même en ce moment où ta bouche cruelle
Vient si tranquillement m'annoncer le trépas[3],
Ingrat, je doute encor si je ne t'aime pas.
Mais, Seigneur, s'il le faut, si le ciel en colère
Réserve à d'autres yeux la gloire de vous plaire,
Achevez votre hymen[4], j'y consens. Mais du moins
Ne forcez pas mes yeux d'en être les témoins.
Pour la dernière fois je vous parle peut-être :
Différez-le d'un jour ; demain vous serez maître...
Vous ne répondez point ? Perfide, je le voi,
Tu comptes les moments que tu perds avec moi !
Ton cœur, impatient de revoir ta Troyenne,
Ne souffre qu'à regret qu'un autre t'entretienne.
Tu lui parles du cœur, tu la cherches des yeux.
Je ne te retiens plus, sauve-toi de ces lieux :
Va lui jurer la foi que tu m'avais jurée ;
Va profaner des dieux la majesté sacrée :
Ces dieux, ces justes dieux n'auront pas oublié
Que les mêmes serments avec moi t'ont lié.
Porte aux pieds des autels ce cœur qui m'abandonne ;
Va, cours. Mais crains encor d'y trouver Hermione.

otes

provinces : États.
mon injure : l'affront que je subis.
trépas : mort.
4. Achevez votre hymen : concluez votre mariage.

Scène 6

PYRRHUS, PHŒNIX

PHŒNIX

Seigneur, vous entendez. Gardez de négliger[1]
Une amante[2] en fureur qui cherche à se venger.
Elle n'est en ces lieux que trop bien appuyée :
La querelle[3] des Grecs à la sienne est liée ;
Oreste l'aime encore ; et peut-être à ce prix...

PYRRHUS

Andromaque m'attend. Phœnix, garde son fils.

notes

1. **Gardez de négliger :** ne négligez pas.
2. **amante :** femme qui aime.
3. **querelle :** cause.

Acte V

Scène 1

HERMIONE, *seule*.

Où suis-je ? Qu'ai-je fait ? Que dois-je faire encore ?
Quel transport[1] me saisit ? Quel chagrin me dévore ?
Errante, et sans dessein[2], je cours dans ce palais.
Ah ! ne puis-je savoir si j'aime, ou si je hais ?
Le cruel ! de quel œil il m'a congédiée !
Sans pitié, sans douleur, au moins étudiée[3].
L'ai-je vu se troubler et me plaindre un moment ?
En ai-je pu tirer un seul gémissement ?
Muet à mes soupirs, tranquille à mes alarmes[4],
Semblait-il seulement qu'il eût part à mes larmes ?
Et je le plains encore ? Et pour comble d'ennui[5],
Mon cœur, mon lâche cœur s'intéresse pour[6] lui ?

Notes

1. **transport** : mouvement, manifestation de sentiment.
2. **dessein** : but.
3. **étudiée** : feinte.
4. **alarmes** : vives inquiétudes.
5. **ennui** : sens fort de « tourment ».
6. **s'intéresse pour** : prend parti pour.

Je tremble au seul penser du coup qui le menace ?
Et prête à me venger, je lui fais déjà grâce ?
Non, ne révoquons point l'arrêt[1] de mon courroux[2] :
Qu'il périsse ! Aussi bien[3] il ne vit plus pour nous.
Le perfide triomphe, et se rit de ma rage :
Il pense voir en pleurs dissiper[4] cet orage ;
Il croit que, toujours faible et d'un cœur incertain,
Je parerai d'un bras les coups de l'autre main.
Il juge encor de moi par mes bontés passées.
Mais plutôt le perfide a bien d'autres pensées.
Triomphant dans le temple, il ne s'informe pas
Si l'on souhaite ailleurs sa vie ou son trépas[5].
Il me laisse, l'ingrat ! cet embarras funeste[6].
Non, non, encore un coup[7] : laissons agir Oreste.
Qu'il meure, puisqu'enfin il a dû le prévoir,
Et puisqu'il m'a forcée enfin à le vouloir.
À le vouloir ? Hé quoi ? c'est donc moi qui l'ordonne ?
Sa mort sera l'effet de l'amour d'Hermione ?
Ce prince, dont mon cœur se faisait autrefois
Avec tant de plaisir redire les exploits,
À qui même en secret je m'étais destinée
Avant qu'on eût conclu ce fatal[8] hyménée[9],
Je n'ai donc traversé tant de mers, tant d'États,
Que pour venir si loin préparer son trépas ?
L'assassiner, le perdre[10] ? Ah ! devant[11] qu'il expire...

notes

1. **arrêt :** décision.
2. **courroux :** colère.
3. **Aussi bien :** d'ailleurs.
4. **dissiper :** se dissiper.
5. **trépas :** mort.
6. **funeste :** mortel.
7. **encore un coup :** encore une fois.
8. **fatal :** mortel.
9. **hyménée :** mariage.
10. **perdre :** faire périr.
11. **devant :** avant.

Acte V, scène 2

Scène 2

HERMIONE, CLÉONE

HERMIONE

Ah ! qu'ai-je fait, Cléone ? et que viens-tu me dire ?
Que fait Pyrrhus ?

CLÉONE

Il est au comble de ses vœux,
Le plus fier des mortels, et le plus amoureux.
Je l'ai vu vers le temple, où son hymen s'apprête[1],
Mener en conquérant sa nouvelle conquête ;
Et d'un œil où brillaient sa joie et son espoir,
S'enivrer en marchant du plaisir de la voir.
Andromaque, au travers de mille cris de joie,
Porte jusqu'aux autels le souvenir de Troie :
Incapable toujours d'aimer et de haïr,
Sans joie et sans murmure elle semble obéir.

HERMIONE

Et l'ingrat ? jusqu'au bout il a poussé l'outrage ?
Mais as-tu bien, Cléone, observé son visage ?
Goûte-t-il des plaisirs tranquilles et parfaits ?
N'a-t-il point détourné ses yeux vers le palais ?
Dis-moi, ne t'es-tu point présentée à sa vue ?
L'ingrat a-t-il rougi lorsqu'il t'a reconnue ?
Son trouble avouait-il son infidélité ?
A-t-il jusqu'à la fin soutenu[2] sa fierté ?

CLÉONE

Madame, il ne voit rien. Son salut et sa gloire
Semblent être avec vous sortis de sa mémoire
Sans songer qui le suit, ennemis ou sujets,

Notes

1. **son hymen s'apprête :** son mariage se prépare.

2. **soutenu :** persisté dans.

Andromaque

Il poursuit seulement ses amoureux projets.
Autour du fils d'Hector il a rangé sa garde,
Et croit que c'est lui seul que le péril regarde.
Phœnix même en répond, qui l'a conduit exprès
Dans un fort éloigné du temple et du palais.
Voilà, dans ses transports, le seul soin qui lui reste.

HERMIONE
Le perfide ! Il mourra. Mais que t'a dit Oreste ?

CLÉONE
Oreste avec ses Grecs dans le temple est entré.

HERMIONE
Hé bien ! à me venger n'est-il pas préparé ?

CLÉONE
Je ne sais.

HERMIONE
Tu ne sais ? Quoi donc ? Oreste encore,
Oreste me trahit ?

CLÉONE
Oreste vous adore ;
Mais de mille remords son esprit combattu
Croit tantôt son amour et tantôt sa vertu.
Il respecte en Pyrrhus l'honneur du diadème ;
Il respecte en Pyrrhus Achille, et Pyrrhus même ;
Il craint la Grèce, il craint l'univers en courroux ;
Mais il se craint, dit-il, soi-même plus que tous.
Il voudrait en vainqueur vous apporter sa tête :
Le seul nom d'assassin l'épouvante et l'arrête.
Enfin il est rentré, sans savoir dans son cœur
S'il en devait sortir coupable ou spectateur.

HERMIONE
Non, non, il les verra triompher sans obstacle :
Il se gardera bien de troubler ce spectacle.

Je sais de quels remords son courage[1] est atteint :
Le lâche craint la mort, et c'est tout ce qu'il craint.
Quoi ! sans qu'elle employât une seule prière,
Ma mère en sa faveur arma la Grèce entière ;
Ses yeux pour leur querelle, en dix ans de combats,
Virent périr vingt rois qu'ils ne connaissaient pas ;
Et moi, je ne prétends[2] que la mort d'un parjure[3],
Et je charge un amant du soin de mon injure ;
Il peut me conquérir à ce prix sans danger ;
Je me livre moi-même, et ne puis me venger !
Allons : c'est à moi seule à me rendre justice.
Que de cris de douleur le temple retentisse ;
De leur hymen fatal troublons l'événement[4],
Et qu'ils ne soient unis, s'il se peut, qu'un moment.
Je ne choisirai point dans ce désordre extrême :
Tout me sera Pyrrhus, fût-ce Oreste lui-même.
Je mourrai ; mais au moins ma mort me vengera.
Je ne mourrai pas seule, et quelqu'un me suivra.

Scène 3

ORESTE, HERMIONE, CLÉONE

ORESTE
Madame, c'en est fait, et vous êtes servie :
Pyrrhus rend à l'autel son infidèle vie.

HERMIONE
Il est mort ?

Notes

1. **courage** : cœur.
2. **prétends** : réclame.
3. **parjure** : homme qui n'a pas respecté ses serments.
4. **événement** : dénouement.

« Mais enfin à l'autel il est allé tomber. »
La mort de Pyrrhus par Le Barbier.

Acte V, scène 3

ORESTE

Il expire ; et nos Grecs irrités
Ont lavé dans son sang ses infidélités.
Je vous l'avais promis ; et quoique mon courage
Se fît de ce complot une funeste image,
J'ai couru vers le temple, où nos Grecs dispersés
Se sont jusqu'à l'autel dans la foule glissés.
Pyrrhus m'a reconnu. Mais sans changer de face[1]
Il semblait que ma vue excitât son audace,
Que tous les Grecs, bravés en leur ambassadeur[2],
Dussent de son hymen relever la splendeur.
Enfin, avec transport prenant son diadème,
Sur le front d'Andromaque il l'a posé lui-même.
« Je vous donne, a-t-il dit, ma couronne et ma foi[3] :
Andromaque, régnez sur l'Épire et sur moi.
Je voue à votre fils une amitié[4] de père ;
J'en atteste les dieux, je le jure à sa mère.
Pour tous mes ennemis je déclare les siens
Et je le reconnais pour le roi des Troyens. »
À ces mots, qui du peuple attiraient le suffrage,
Nos Grecs n'ont répondu que par un cri de rage ;
L'infidèle s'est vu partout envelopper[5],
Et je n'ai pu trouver de place pour frapper.
Chacun se disputait la gloire de l'abattre.
Je l'ai vu dans leurs mains quelque temps se débattre,
Tout sanglant à leurs coups vouloir se dérober ;
Mais enfin à l'autel il est allé tomber.
Du peuple épouvanté j'ai traversé la presse[6]
Pour venir de ces lieux enlever ma princesse,

Notes

1. **sans changer de face :** sans qu'il changeât de visage.
2. **en leur ambassadeur :** en la personne de leur ambassadeur.
3. **foi :** fidélité.
4. **amitié :** affection.
5. **envelopper :** encercler.
6. **presse :** foule.

Et regagner le port, où bientôt nos amis
Viendront couverts du sang que je vous ai promis.

HERMIONE

Qu'ont-ils fait ?

ORESTE

Pardonnez à leur impatience :
Ils ont, je le vois bien, trahi votre vengeance.
Vous vouliez que ma main portât les premiers coups,
Qu'il sentît en mourant qu'il expirait pour vous ;
Mais c'est moi dont l'ardeur leur a servi d'exemple :
Je les ai pour vous seule entraînés dans le temple,
Madame ; et vous pouvez justement vous flatter
D'une mort que leurs bras n'ont fait qu'exécuter.
Vous seule avez poussé les coups...

HERMIONE

Tais-toi, perfide,
Et n'impute qu'à toi ton lâche parricide[1].
Va faire chez tes Grecs admirer ta fureur,
Va : je la désavoue, et tu me fais horreur.
Barbare, qu'as-tu fait ? Avec quelle furie
As-tu tranché le cours d'une si belle vie ?
Avez-vous pu, cruels, l'immoler[2] aujourd'hui,
Sans que tout votre sang se soulevât pour lui ?
Mais parle : de son sort qui t'a rendu l'arbitre ?
Pourquoi l'assassiner ? Qu'a-t-il fait ? À quel titre ?
Qui te l'a dit ?

ORESTE

Ô dieux ! Quoi ? ne m'avez-vous pas
Vous-même, ici, tantôt, ordonné son trépas ?

notes

1. parricide : crime commis contre le père ; ici le père du peuple, c'est-à-dire « un régicide ».

2. l'immoler : le sacrifier.

Acte V, scène 6

HERMIONE

Ah ! fallait-il en croire une amante insensée ?
Ne devais-tu pas[1] pas lire au fond de ma pensée ?
Et ne voyais-tu pas, dans mes emportements,
Que mon cœur démentait ma bouche à tous moments ?
Quand je l'aurais voulu, fallait-il y souscrire ?
N'as-tu pas dû[2] cent fois te le faire redire ?
Toi-même avant le coup[3] me venir consulter,
Y revenir encore, ou plutôt m'éviter ?
Que ne me laissais-tu le soin de ma vengeance ?
Qui t'amène en des lieux où l'on fuit ta présence ?
Voilà de ton amour le détestable fruit :
Tu m'apportais, cruel, le malheur qui te suit.
C'est toi dont l'ambassade, à tous les deux fatale,
L'a fait pour son malheur pencher vers ma rivale.
Nous le verrions encor nous partager ses soins ;
Il m'aimerait peut-être, il le feindrait du moins.
Adieu. Tu peux partir. Je demeure en Épire :
Je renonce à la Grèce, à Sparte[4], à son empire,
À toute ma famille ; et c'est assez pour moi,
Traître, qu'elle ait produit un monstre comme toi.

Scène 4

ORESTE, *seul.*

Que vois-je ? est-ce Hermione ? Et que viens-je d'entendre ?
Pour qui coule le sang que je viens de répandre ?
Je suis, si je l'en crois, un traître, un assassin.
Est-ce Pyrrhus qui meurt ? et suis-je Oreste, enfin ?
Quoi ? j'étouffe en mon cœur la raison qui m'éclaire ;

Notes

1. **Ne devais-tu pas :** n'aurais-tu pas dû.
2. **N'as-tu pas dû :** n'aurais-tu pas dû.
3. **coup :** action.
4. **Sparte :** ville grecque dont Ménélas, le père d'Hermione, était roi.

J'assassine à regret un roi que je révère ;
Je viole en un jour les droits des souverains,
Ceux des ambassadeurs, et tous ceux des humains,
Ceux même des autels où ma fureur l'assiège ;
Je deviens parricide[1], assassin, sacrilège.
Pour qui ? Pour une ingrate à qui je le promets,
Qui même, s'il ne meurt, ne me verra jamais,
Dont j'épouse la rage. Et quand je l'ai servie,
Elle me redemande et son sang et sa vie !
Elle l'aime ! et je suis un monstre furieux !
Je la vois pour jamais s'éloigner de mes yeux !
Et l'ingrate, en fuyant, me laisse pour salaire
Tous les noms odieux que j'ai pris pour lui plaire !

Scène 5

ORESTE, PYLADE, SOLDATS D'ORESTE

passage analysé

PYLADE

Il faut partir, Seigneur. Sortons de ce palais,
Ou bien résolvons-nous de[2] n'en sortir jamais.
Nos Grecs pour un moment en défendent la porte.
Tout le peuple assemblé nous poursuit à main-forte[3].
Aux ordres d'Andromaque ici tout est soumis ;
Ils la traitent en reine, et nous comme ennemis.
Andromaque elle-même, à Pyrrhus si rebelle,
Lui rend tous les devoirs d'une veuve fidèle,
Commande qu'on le venge, et peut-être sur nous
Veut venger Troie encore et son premier époux.
Allons. N'attendons pas que l'on nous environne :
Nos Grecs nous rejoindront ; et tandis qu'Hermione

notes

1. **parricide** : auteur du parricide.
2. **résolvons-nous de** : résignons-nous à.
3. **à main-forte** : à main armée.

Acte V, scène 5

passage analysé

Tient encore le peuple autour d'elle arrêté,
Voilà votre chemin, sortons en sûreté.

ORESTE
Non, non, c'est Hermione, amis, que je veux suivre.
À son dernier arrêt je ne puis plus survivre.
Partez : j'ai fait le crime, et je vais l'expier.

PYLADE
Hermione, Seigneur ? Il la faut oublier.
Quoi ? toujours l'instrument et l'objet de sa rage,
Cherchez-vous chez les morts quelque nouvel outrage ?
Et parce qu'elle meurt, faut-il que vous mouriez ?

ORESTE
Elle meurt ? Dieu ! qu'entends-je ?

PYLADE
                                        Hé quoi ? vous l'ignoriez ?
En rentrant dans ces lieux, nous l'avons rencontrée
Qui courait vers le temple, inquiète[1], égarée.
Elle a trouvé Pyrrhus porté sur des soldats
Que son sang excitait à venger son trépas.
Sans doute à cet objet[2] sa rage s'est émue.
Mais du haut de la porte enfin nous l'avons vue,
Un poignard à la main, sur Pyrrhus se courber,
Lever les yeux au ciel, se frapper et tomber.

ORESTE
Grâce aux dieux ! Mon malheur passe mon espérance.
Oui, je te loue, ô ciel, de ta persévérance.
Appliqué sans relâche au soin de me punir,
Au comble des douleurs tu m'as fait parvenir.

Notes

1. **inquiète :** en proie à une vive agitation.
2. **à cet objet :** à la vue de la personne aimée.

passage analysé

Ta haine a pris plaisir à former ma misère ;
J'étais né pour servir d'exemple à ta colère,
Pour être du malheur un modèle accompli.
Hé bien ! je meurs content, et mon sort est rempli.
Où sont ces deux amants ? Pour couronner ma joie,
Dans leur sang, dans le mien il faut que je me noie ;
L'un et l'autre en mourant je les veux regarder.
Réunissons trois cœurs qui n'ont pu s'accorder.
Mais quelle épaisse nuit tout à coup m'environne ?
De quel côté sortir ? D'où vient que je frissonne ?
Quelle horreur me saisit ? Grâce au ciel, j'entrevoi[1]...
Dieux ! quels ruisseaux de sang coulent autour de moi !

PYLADE

Ah ! Seigneur !

ORESTE

Quoi ? Pyrrhus, je te rencontre encore ?
Trouverai-je partout un rival que j'abhorre[2] ?
Percé de tant de coups, comment t'es-tu sauvé ?
Tiens, tiens, voilà le coup que je t'ai réservé.
Mais que vois-je ? À mes yeux Hermione l'embrasse[3] ?
Elle vient l'arracher au coup qui le menace ?
Dieux ! quels affreux regards elle jette sur moi !
Quels démons[4], quels serpents traîne-t-elle après soi ?
Hé bien ! filles d'enfer[5], vos mains sont-elles prêtes ?
Pour qui sont ces serpents qui sifflent sur vos têtes ?
À qui destinez-vous l'appareil[6] qui vous suit ?
Venez-vous m'enlever dans l'éternelle nuit ?

notes

1. entrevoi : orthographe ancienne rimant pour l'œil avec « *moi* ».
2. abhorre : déteste.
3. l'embrasse : le serre dans ses bras.
4. démons : esprits, divinités.
5. filles d'enfer : les Érinyes, divinités grecques de la Vengeance, représentées avec de longs cheveux entremêlés de serpents.
6. appareil : escorte.

Acte V, scène 5

Venez, à vos fureurs Oreste s'abandonne.
Mais non, retirez-vous, laissez faire Hermione :
L'ingrate mieux que vous saura me déchirer ;
Et je lui porte enfin mon cœur à dévorer.

PYLADE

Il perd le sentiment[1]. Amis, le temps nous presse :
Ménageons[2] les moments que ce transport nous laisse.
Sauvons-le. Nos efforts deviendraient impuissants
S'il reprenait ici sa rage avec ses sens.

Notes

1. **sentiment :** raison.
2. **Ménageons :** employons utilement.

Là où tout s'achève

Lecture analytique de la scène 5 de l'acte V, pp. 140 à 143.

Dans la dramaturgie* classique*, au dénouement, le sort de tous les personnages doit être réglé. En outre, la bienséance interdit toute mort ou épisode violent sur scène. Ainsi, à la fin de la tragédie, les récits de ce qui se passe en dehors de l'espace de représentation se multiplient. Ils sont pris en charge par les personnages secondaires, tels Cléone ou Pylade, qui reviennent en scène raconter aux personnages restants ce qu'il est advenu aux autres.

La mort, ou son équivalent, la folie, est omniprésente. Mais elle ne surprend pas le spectateur. En effet, outre qu'elle est inhérente au genre, elle est annoncée dès le début. Les paroles, les attitudes, les caractères des personnages les désignent bien avant le moment fatal. Certains personnages de tragédie ne semblent être que des morts en sursis, tentant d'échapper à leur destin, mais voués avec certitude à son accomplissement. Oreste, qui dès la première scène apparaît comme une victime de la fatalité, est l'un d'eux.

Ainsi la scène de dénouement est-elle celle de l'accomplissement du destin, un écho au tout début de la pièce, comme une boucle enfin bouclée. Mais, parce que le destin s'est accompli, même tragiquement, cette ultime scène est aussi celle de l'apaisement.

La scène finale

❶ Quelle est la raison de l'intervention de Pylade dans cette scène ?

❷ Montrez que le sort de chacun des personnages principaux est réglé.

❸ Quels sont les signes de l'urgence de la situation ?

* *Cf.* Lexique.

scène 5 de l'acte V, pp. 140 à 143

L'accomplissement du destin

❹ Dans la tirade d'Oreste (v. 1613 à 1628), quels sont les échos à la scène 1 de l'acte I ?
❺ Quelle forme prend le châtiment d'Oreste ?
❻ Quelles sont les marques de l'aggravation de la folie d'Oreste ?

Une forme d'apaisement

❼ Quel personnage, par ce qui lui arrive et par ses actes, porte une forme d'espoir ?
❽ Un vers célèbre montre que le discours d'Oreste fou n'échappe pas à l'exigence poétique. Lequel et pourquoi ?
❾ Pylade, et non Oreste, prononce la dernière réplique de la scène. Selon vous, qu'est-ce qui motive un tel choix ?

Remords cuisants

Lectures croisées et travaux d'écriture

En littérature, le remords, *« l'Implacable Remords »* selon l'expression baudelairienne, rend souvent fou. Loin de profiter, le crime signe la perte de son auteur. Mais, avant de mourir à son tour, celui-ci connaît d'atroces souffrances. Dans la représentation de ces tortures, les dramaturges et romanciers présentés ici privilégient les hallucinations : la victime revient hanter son assassin, les taches de sang sont partout présentes, ou encore les *« filles d'enfer »*, avec leurs serpents, matérialisent le remords dévorant.

Oreste, régicide de Pyrrhus, Macbeth et sa femme, qui ont éliminé le roi d'Écosse, mais aussi Thérèse et Laurent, meurtriers de Camille, sont victimes d'hallucinations. Le remords les poursuit, les prive du bénéfice de leurs crimes et les conduit à la folie et à la mort. Dans la pièce *Les Mouches* de Jean-Paul Sartre, le remords d'Oreste, qui assassine sa mère pour venger son père, prend la forme antique des Érinyes et des mouches.

Texte A : Scène 5 de l'acte V d'*Andromaque* de Jean Racine **(pp. 140-143)**

Texte B : William Shakespeare, *Macbeth*

En 1606, William Shakespeare (1564-1616) fait représenter cette tragédie en cinq actes. À l'instigation de son épouse, Macbeth a assassiné le roi d'Écosse, son hôte. Après s'être emparé du pouvoir, il a éliminé son ami Banquo. Mais les deux meurtriers sont tiraillés par le remords, au point que Lady Macbeth se donnera la mort pour y échapper. Dans l'extrait suivant, au milieu de son sommeil de somnambule, celle-ci apparaît hantée par le sang qu'elle a fait couler.

Au château de Dunsinane. Entrent un médecin et une dame de compagnie, puis Lady Macbeth avec un flambeau.

LA DAME DE COMPAGNIE. Regardez : la voici ! C'est bien sa façon. Et, sur ma vie, profondément endormie. Observez-la. Restez caché.

LE MÉDECIN. Où a-t-elle trouvé cette lumière ?

LA DAME DE COMPAGNIE. Mais elle l'avait à son côté ; elle a continuellement de la lumière à son côté : c'est son commandement.

LE MÉDECIN. Vous voyez, elle a les yeux ouverts.

LA DAME DE COMPAGNIE. Oui, mais leur vision est close.

LE MÉDECIN. Que fait-elle à présent ? Regardez, elle se frotte les mains.

LA DAME DE COMPAGNIE. C'est un geste qui lui est coutumier, de faire mine, ainsi, de se laver les mains. Je l'ai vue continuer de la sorte un quart d'heure durant.

LADY MACBETH. Malgré tout, il reste une tache.

LE MÉDECIN. Écoutez ! Elle parle. Je vais noter ce qui lui échappe pour mieux étayer mon souvenir.

LADY MACBETH. Va-t'en, tache damnée ! Va-t'en, te dis-je ! Un coup, deux coups ; alors, c'est le moment d'agir. L'enfer est opaque. Fi[1], monseigneur, fi, un soldat avoir peur ? Avons-nous lieu de trembler que quelqu'un sache, quand personne ne peut demander de comptes à notre puissance ? Mais qui aurait cru que le vieil homme avait en lui tant de sang ?

LE MÉDECIN. Vous entendez cela ?

LADY MACBETH. [...] Quoi, ces mains ne seront-elles jamais propres ? Assez, monseigneur, assez : vous gâtez tout avec ces tressaillements.

LE MÉDECIN. Allez, allez, vous avez connu ce que vous n'auriez pas dû connaître.[2]

LA DAME DE COMPAGNIE. Elle a dit ce qu'elle n'aurait pas dû dire en tout cas. Ce qu'elle a connu, Dieu le sait.

LADY MACBETH. Toujours l'odeur du sang. Tous les parfums de l'Arabie n'embaumeront pas cette petite main. Ah ! Ah !

LE MÉDECIN. Quel soupir ! Le cœur est grièvement chargé. [...] Ce mal passe mon art. Pourtant j'en ai connu qui marchaient dans leur sommeil et qui sont morts pieusement dans leur lit.

LADY MACBETH. Lavez vos mains ; mettez votre robe de chambre ; n'ayez pas l'air si défait. Je vous le répète, Banquo est enterré : il ne peut pas sortir de sa tombe.

LE MÉDECIN. C'est donc cela ?

LADY MACBETH. Au lit, au lit. On frappe à la porte. Allons, allons, allons, donnez-moi la main. Ce qui est fait ne peut pas se défaire.

LE MÉDECIN. Va-t-elle aller au lit maintenant ?

LA DAME DE COMPAGNIE. Tout droit.

LE MÉDECIN. Il court de vilaines rumeurs. Les actions contre nature couvent des maux contre nature. L'esprit atteint décharge ses secrets sur l'oreiller muet. Plus que du médecin, elle a besoin du prêtre. Ah ! Dieu, Dieu nous pardonne à tous ! Veillez sur elle, écartez d'elle tout moyen de se nuire et ne la perdez pas de vue. Allons, bonsoir ; elle a confondu mon esprit et stupéfié mon regard. Mes pensées vont leur train[3], mais je n'ose parler.

William Shakespeare, *Macbeth*, extrait de la scène 1 de l'acte V, trad. de Pierre Leyris, Aubier, 1977.

1. **Fi** : interjection exprimant le dédain.
2. S'adresse à Lady Macbeth.
3. **vont leur train** : suivent leur chemin.

Texte C : Émile Zola, *Thérèse Raquin*

En 1867, **Thérèse Raquin** ***d'Émile Zola (1840-1902) choque une partie de la critique. En effet, le sujet est sordide et l'analyse psychologique des personnages efficace. Le roman est troublant, voire dérangeant. Lors d'une promenade en barque, Laurent assassine son ami Camille, pour vivre librement sa passion avec la femme de celui-ci, Thérèse. Mais les deux amants meurtriers sont poursuivis par le remords. Une fois mariés, lorsqu'ils se retrouvent dans la chambre de Thérèse, la présence du mort les obsède.***

Tout à coup Laurent crut avoir une hallucination. Comme il se tournait, revenant de la fenêtre au lit, il vit Camille dans un coin plein d'ombre, entre la cheminée et l'armoire à glace. La face de sa victime était verdâtre et convulsionnée, telle qu'il l'avait aperçue sur une dalle de la Morgue. Il demeura cloué sur le tapis, défaillant, s'appuyant contre un meuble. Au râle sourd qu'il poussa, Thérèse leva la tête.

– Là, là, disait Laurent d'une voix terrifiée.

Le bras tendu, il montrait le coin d'ombre dans lequel il apercevait le visage sinistre de Camille. Thérèse, gagnée par l'épouvante, vint se serrer contre lui.

– C'est son portrait, murmura-t-elle à voix basse, comme si la figure peinte de son ancien mari eût pu l'entendre.

– Son portrait, répéta Laurent dont les cheveux se dressaient.

– Oui, tu sais, la peinture que tu as faite. Ma tante devait le prendre chez elle, à partir d'aujourd'hui. Elle aura oublié de le décrocher.
– Bien sûr, c'est son portrait...
Le meurtrier hésitait à reconnaître la toile. Dans son trouble, il oubliait qu'il avait lui-même dessiné ces traits heurtés, étalé ces teintes sales qui l'épouvantaient. L'effroi lui faisait voir le tableau tel qu'il était, ignoble, mal bâti, boueux, montrant sur un fond noir une face grimaçante de cadavre. Son œuvre l'étonnait et l'écrasait par sa laideur atroce ; il y avait surtout les deux yeux blancs flottant dans les orbites molles et jaunâtres, qui lui rappelaient exactement les yeux pourris du noyé de la Morgue. Il resta un moment haletant, croyant que Thérèse mentait pour le rassurer. Puis il distingua le cadre, il se calma peu à peu.
– Va le décrocher, dit-il tout bas à la jeune femme.
– Oh ! non, j'ai peur, répondit celle-ci avec un frisson.
Laurent se remit à trembler. Par instants, le cadre disparaissait, il ne voyait plus que les deux yeux blancs qui se fixaient sur lui longuement.
– Je t'en prie, reprit-il en suppliant sa compagne, va le décrocher.
– Non, non.
– Nous le tournerons contre le mur, nous n'aurons plus peur.
– Non, je ne puis pas.
Le meurtrier, lâche et humble, poussait la jeune femme vers la toile, se cachait derrière elle, pour se dérober aux regards du noyé. Elle s'échappa, et il voulut payer d'audace ; il s'approcha du tableau, levant la main, cherchant le clou. Mais le portrait eut un regard si écrasant, si ignoble, si long, que Laurent, après avoir voulu lutter de fixité avec lui, fut vaincu et recula, accablé, en murmurant :
– Non, tu as raison, Thérèse, nous ne pouvons pas... Ta tante le décrochera demain.

Émile Zola, *Thérèse Raquin*, 1867.

Texte D : Jean-Paul Sartre, *Les Mouches*

Ce drame de Jean-Paul Sartre (1905-1980), représenté en 1943, s'inspire de l'histoire d'Agamemnon, assassiné à son retour de Troie par sa femme Clytemnestre et le second époux de celle-ci, Égisthe. Ses enfants, Oreste[1] et Électre, décident de venger cette mort. C'est Oreste qui porte le coup. Mais, au lendemain du crime, Électre est torturée par le remords, les Érinyes ou les mouches, tandis qu'Oreste assume pleinement son geste. Il refuse de se

repentir d'un acte qui, selon lui, n'est pas un crime. La scène se déroule dans le temple d'Apollon, aux pieds d'une statue du dieu. Les Érinyes entourent Électre et Oreste.

ÉLECTRE, *s'éveillant tout à fait.* Laisse-moi te regarder : tu les as tués. C'est toi qui les as tués. Tu es là, tu viens de t'éveiller, il n'y a rien d'écrit sur ton visage, et pourtant tu les as tués.

Oreste. Eh bien ? Oui, je les ai tués ! (*Un temps.*) Toi aussi, tu me fais peur. Tu étais si belle, hier. On dirait qu'une bête t'a ravagé la face avec ses griffes.

ÉLECTRE. Une bête ? Ton crime. Il m'arrache les joues et les paupières : il me semble que mes yeux et mes dents sont nus. Et celles-ci ? Qui sont-elles ?

ORESTE. Ne pense pas à elles. Elles ne peuvent rien contre toi.

PREMIÈRE ÉRINYE. Qu'elle vienne au milieu de nous, si elle l'ose, et tu verras si nous ne pouvons rien contre elle. [...]

ORESTE. Elle veut nous séparer, elle dresse autour de toi les murs de la solitude. Prends garde : quand tu seras bien seule, toute seule et sans recours, elles fondront sur toi. Électre, nous avons décidé ce meurtre ensemble, et nous devons en supporter les suites ensemble.

ÉLECTRE. Tu prétends que je l'ai voulu ?

ORESTE. N'est-ce pas vrai ?

ÉLECTRE. Non, ce n'est pas vrai... Attends... Si ! Ah ! je ne sais plus. J'ai rêvé ce crime. Mais toi, tu l'as commis, bourreau de ta propre mère.

LES ÉRINYES, *riant et criant.* Bourreau ! Bourreau ! Boucher !

ORESTE. Électre, derrière cette porte, il y a le monde. Le monde et le matin. Dehors, le soleil se lève sur les routes. Nous sortirons bientôt, nous irons sur les routes ensoleillées, et ces filles de la nuit perdront leur puissance : les rayons du jour les transperceront comme des épées.

ÉLECTRE. Le soleil...

PREMIÈRE ÉRINYE. Tu ne reverras jamais le soleil, Électre. Nous nous masserons entre lui et toi comme une nuée de sauterelles et tu emporteras partout la nuit sur ta tête.

ÉLECTRE. Laissez-moi ! Cessez de me torturer !

ORESTE. C'est ta faiblesse qui fait leur force. Vois : elles n'osent rien me dire. Écoute : une horreur sans nom s'est posée sur toi et nous sépare. Pourtant qu'as-tu donc vécu que je n'aie vécu ? Les gémissements de ma mère, crois-tu que mes oreilles cesseront jamais de les entendre ? Et ses yeux immenses – deux océans démontés – dans son visage de craie, crois-tu que mes yeux cesseront jamais de les voir ? Et l'angoisse qui te dévore, crois-tu qu'elle cessera jamais de me ronger ? Mais que m'importe : je suis libre. Par-delà l'angoisse et les souvenirs. Libre. Et d'accord avec moi. Il ne faut pas te haïr toi-même. Électre. Donne-moi la main : je ne t'abandonnerai pas.

ÉLECTRE. Lâche ma main ! Ces chiennes noires autour de moi m'effraient, mais moins que toi.

PREMIÈRE ÉRINYE. Tu vois ! Tu vois ! N'est-ce pas, petite poupée, nous te faisons moins peur que lui ? Tu as besoin de nous, Électre, tu es notre enfant. Tu as besoin de nos ongles pour fouiller ta chair, tu as besoin de nos dents pour mordre ta poitrine, tu as besoin de notre amour cannibale pour te détourner de la haine que tu portes, tu as besoin de souffrir dans ton corps pour oublier les souffrances de ton âme. Viens ! Viens ! Tu n'as que deux marches à descendre, nous te recevrons dans nos bras, nos baisers déchireront ta chair fragile, et ce sera l'oubli, l'oubli au grand feu pur de la douleur.

Jean-Paul Sartre, *Les Mouches*, extrait de la scène 1 de l'acte III, Gallimard, 1943.

1. L'Oreste de Racine est le fils d'Agamemnon, mais la vengeance du père est éludée dans *Andromaque*.

Corpus

Texte A : Scène 5 de l'acte V d'*Andromaque* de Jean Racine (pp. 140-143).
Texte B : Extrait de la scène 1 de l'acte V de *Macbeth* de William Shakespeare (pp. 146-148).
Texte C : Extrait de *Thérèse Raquin* d'Émile Zola (pp. 148-149).
Texte D : Extrait de la scène 1 de l'acte III des *Mouches* de Jean-Paul Sartre (pp. 149-151).
Document : *Le sommeil de la raison engendre des monstres* de Goya (p. 152).

Document : Goya, *Le sommeil de la raison engendre des monstres*

Examen des textes et de l'image

❶ À qui s'adresse Lady Macbeth (texte B) ?
❷ Que révèle le discours de Lady Macbeth (texte B) ?
❸ Dans le portrait de Camille (texte C), quels éléments effraient Laurent ? Pourquoi ?
❹ Qu'est-ce qui fait la force d'Oreste face aux Érinyes (texte D) ?
❺ En quoi les premier et second plans de cette gravure s'opposent-ils ?
❻ Dans quelle mesure ces « *monstres* » (document), tout comme ceux qui assaillent Oreste, sont-ils attendus et convenus ?

Travaux d'écriture

Question préliminaire
Relevez les éléments textuels permettant de définir les genres et registres* des textes B, C, D.

Commentaire
Vous ferez le commentaire de l'extrait des *Mouches* de Jean-Paul Sartre (texte D).

Dissertation
Lorsque la littérature montre des meurtriers harcelés par le remords jusqu'à la folie ou la mort, elle semble obéir à une visée morale. Mais est-ce son unique propos ?
En vous appuyant sur les textes du corpus et vos lectures personnelles, vous vous interrogerez sur les liens qu'entretiennent littérature et morale.

Écriture d'invention
Thérèse et Laurent se calment peu à peu. Ils décident de se coucher. Mais, jusqu'à l'aube, cette première nuit où les amants se retrouvent est lourde du souvenir et de la présence de Camille. À la suite de l'extrait (texte C), imaginez leur dialogue et leurs sensations.

* *Cf.* Lexique.

Andromaque : bilan de première lecture

❶ Où et quand se déroule l'action d'*Andromaque* ?

❷ Qui est Oreste ?

❸ Que vient faire Oreste à la cour de Pyrrhus ?

❹ Qui est Andromaque ?

❺ Pourquoi parle-t-on de « dilemme » au sujet d'Andromaque ?

❻ Sur scène, quels sont les autres personnages principaux ?

❼ Deux personnages essentiels n'apparaissent jamais sur scène. De qui s'agit-il ?

❽ Qui a signalé aux Grecs la présence d'Astyanax à la cour de Pyrrhus ? Pourquoi ?

❾ À l'acte II, quel coup de théâtre a lieu ?

❿ Suite à ce retournement, à quelle extrémité se résout Oreste ?

⓫ Auprès de qui Andromaque espère-t-elle trouver un soutien et qui va-t-elle finalement consulter ?

⓬ Que décide Andromaque au début de l'acte IV ?

⓭ Quelles sont pour Hermione les conséquences de l'assassinat de Pyrrhus ?

⓮ Quelle est l'attitude d'Andromaque à la fin de la pièce ?

Dossier Bibliolycée

Racine, grand dramaturge et historiographe du roi

Une enfance austère

Racine naît le 22 décembre 1639, à La Ferté-Milon, un village situé à une centaine de kilomètres au nord-est de Paris. Âgé d'à peine deux ans, il perd sa mère. Deux ans plus tard, c'est au tour de son père de disparaître. Il est alors recueilli par sa grand-mère maternelle peu fortunée.
À dix ans, celle-ci l'inscrit aux « Petites Écoles », qui dépendent de l'abbaye de Port-Royal. Fondé en 1204 près de Chevreuse, à trente kilomètres au sud-ouest de Paris, ce monastère accueille, outre des religieux, des bourgeois parisiens, les Solitaires. Jusqu'à l'âge de dix-neuf ans, Racine y reçoit une formation solide, en particulier en grec et en latin. Mais, dans ce foyer du jansénisme*, la discipline est rude. Racine restera marqué par cette conception austère de la grâce et de la prédestination : Dieu décide seul des âmes qu'Il veut sauver. Les hommes sont prédestinés, et s'ils n'ont pas été élus, ils ont beau aspirer au bien, ils sont condamnés à faire le mal.

Des débuts difficiles

Après ses études, Racine, dépourvu de fortune personnelle, cherche à obtenir un bénéfice ecclésiastique lui assurant un revenu. Il échoue. Mais en 1664, à vingt-cinq ans, il reçoit une pension de Louis XIV pour quelques poésies écrites en l'honneur de ce mécène.
Cependant, ses débuts en tant que dramaturge sont des échecs. Ses deux premières pièces, aujourd'hui perdues, sont refusées par Molière, alors directeur de troupe. En 1664, ce dernier

* *Cf.* Lexique.

accepte de représenter *La Thébaïde*, mais la pièce passe inaperçue. En 1665, avec *Alexandre le Grand* le succès est enfin au rendez-vous, mais Racine se brouille avec Molière, auquel il retire sa tragédie pour la faire jouer par la troupe rivale de l'Hôtel de Bourgogne.
À cette époque, Racine est blessé par une critique de l'un de ses anciens maîtres, Nicole, qu'il prend pour une attaque personnelle. Le dramaturge est désigné comme un « *empoisonneur public, non des corps mais des âmes* ». Racine réplique ouvertement et rompt avec Port-Royal.

Premiers succès et consécration littéraire

En 1667, *Andromaque* est accueillie avec triomphe. Deux actrices célèbres s'y produisent : dans le rôle-titre, sa maîtresse, Thérèse Du Parc, enlevée à Molière, et dans le rôle d'Hermione, la Champmeslé, alors à ses débuts. Ce succès déchaîne les critiques. En particulier, on reproche la violence de Pyrrhus et sa passion exagérée pour Andromaque. Une comédie-critique, *La Folle Querelle* de Subligny, est montée par Molière. Affecté, Racine répond dans la préface de 1668 (*cf.* pp. 10-12), et la même année, son unique comédie *Les Plaideurs*, également un succès, est sans doute un défi à Molière.
Néanmoins, en dépit de ces critiques, après *Andromaque*, la gloire de Racine est immense, et la spécificité de son art s'affirme : une action la plus simple possible, qui progresse de manière inéluctable grâce au seul jeu des passions.
Désormais, Racine est le rival déclaré de Corneille, et il décide d'affronter celui-ci sur son propre terrain : la tragédie romaine à sujet politique. En 1669, Racine crée *Britannicus* et, l'année suivante, *Bérénice*. Une semaine après la représentation de

cette dernière, Corneille fait jouer *Tite et Bérénice*. De ce duel, Racine sort vainqueur et affirme définitivement l'une des spécificités de son théâtre. En effet, toute l'intrigue de *Bérénice* repose sur l'hésitation de Titus à choisir entre son devoir envers Rome et son amour pour Bérénice, la décision finale étant d'ailleurs annoncée dès le lever du rideau.

En 1672, à trente-trois ans, le dramaturge est élu à l'Académie française. Ses spectacles sont joués lors des fêtes de Cour (*Bajazet*, 1672 ; *Mithridate*, 1673 ; *Iphigénie*, 1674). Il est le protégé de la belle-sœur du roi Louis XIV, Henriette d'Angleterre, à qui *Andromaque* est dédiée, et de la maîtresse de ce dernier, Mme de Montespan.

En 1677, *Phèdre* est considérée comme le chef-d'œuvre de Racine et de la tragédie classique*. La finesse de l'analyse psychologique, l'engrenage inéluctable des passions et la beauté des vers en font la forme la plus aboutie de son art. Mais, momentanément, le dramaturge abandonne le théâtre pour se consacrer à une autre carrière.

Historiographe du roi

En 1677, Louis XIV nomme Racine et Boileau historiographes. Racine est chargé de rédiger l'histoire du règne et d'immortaliser la gloire du monarque. C'est la consécration ultime, laquelle doit s'accompagner d'une mise en ordre de sa vie. Aussi, la même année, Racine abandonne le théâtre, sa dignité d'historiographe étant incompatible avec le métier de dramaturge. Il se réconcilie avec Port-Royal et se marie avec Catherine de Romanet dont il aura sept enfants.

Seulement onze ans plus tard, Racine revient au théâtre. Il exauce la demande de Mme de Maintenon, maîtresse puis seconde épouse de Louis XIV. Celle-ci souhaite instruire et divertir les demoiselles de Saint-Cyr, jeunes filles nobles mais

* *Cf.* Lexique.

pauvres pour l'éducation desquelles elle a créé une école. Les deux dernières créations de Racine, deux tragédies d'inspiration biblique, *Esther* (1689) et *Athalie* (1691), sont interprétées par ces jeunes filles.

En 1696, Racine achète une charge de conseiller-secrétaire de Louis XIV, charge fort onéreuse (55 000 livres) qui est à l'origine de ses difficultés financières. Le 21 avril 1699, il meurt à l'âge de soixante ans. Il est enterré à Port-Royal. En 1711, ses cendres sont transférées à Paris, à l'église Saint-Étienne-du-Mont.

Le Grand Siècle

Racine est associé au Grand Siècle, cette seconde moitié, imposante et prestigieuse, du XVIIe siècle. L'apogée du règne personnel de Louis XIV s'accompagne d'une période de prospérité économique et d'un rayonnement culturel sans précédent. Les arts et les lettres bénéficient du mécénat royal, et, après le baroque*, le classicisme* s'impose.

La monarchie absolue

Concentration des pouvoirs et unité religieuse

En 1661, à la mort de Mazarin, Louis XIV règne seul. Le monarque fonde son autorité sur la concentration des pouvoirs et sur l'unité religieuse.

Après Dieu, le Roi-Soleil (sacré en 1654) est le seul maître et ne veut tolérer la moindre contradiction ou ombre portée à sa toute-puissance. Aussi, en s'appuyant sur la bourgeoisie, il limite la puissance de la noblesse et s'assure qu'aucun de ses ministres ne possède trop d'importance. Le sort réservé au surintendant des Finances Fouquet sert d'exemple à tous : Louis XIV jalouse la réussite de son ministre, et, en 1661, une somptueuse fête donnée par ce dernier pour l'inauguration de son château de Vaux-le-Vicomte est ressentie par le roi comme un affront ; seul Louis XIV peut dispenser de tels plaisirs ; Fouquet est arrêté, sommairement jugé et condamné en 1664 à la prison à perpétuité.

Parce que, dans les conceptions de l'époque, il n'y a pas d'unité nationale sans unité religieuse, Louis XIV prend une série de mesures en ce sens. En particulier, il essaie de diminuer le pouvoir du pape sur le clergé français et combat le jansénisme*, qui est pour lui une source de division. Il s'attaque aussi au protestantisme, d'autant plus dommageable selon lui que son

* *Cf.* Lexique.

organisation démocratique contredit le principe de la monarchie. Ainsi les protestants voient d'abord leurs droits amputés, puis sont victimes de persécutions et, dans les années 1681-1685, d'une répression sanglante. En 1685, l'édit de Nantes, qui en 1598 avait instauré la liberté de culte, est révoqué. Les protestants sont contraints d'abjurer ou de s'exiler.

Prospérité économique et pacification progressive

Louis XIV a compris que puissance politique et prospérité économique vont de pair. Il confie donc à son ministre Colbert le développement de l'industrie, de l'agriculture et du commerce. Entre autres mesures importantes, sont décidées la réorganisation des finances, la création de manufactures d'État, comme celle de meubles et tapis des Gobelins, et la construction de routes et de canaux.

Parallèlement, l'annexion de la Flandre en 1668 et celle de la Franche-Comté en 1678 agrandissent le territoire. Vauban est chargé de la fortification des frontières. En 1678, la paix de Nimègue met fin aux conflits incessants avec le reste de l'Europe.

Mécénat et représentation

Le Roi-Soleil sait aussi que le développement des arts et des lettres est une composante essentielle de la grandeur et de la puissance royales. Aussi, par une judicieuse politique de mécénat, il encourage les artistes, en leur accordant sa protection et en leur allouant des pensions, qui sont également un moyen efficace de contrôle. La création, en 1663, de l'Académie des inscriptions et belles lettres et, en 1666, celle de l'Académie des sciences vont dans le même sens.

Par ce système du mécénat, la Cour devient le lieu de la consécration artistique et sociale. C'est pour elle que s'écrivent les œuvres, devant elle que sont jouées les pièces, lus les poèmes ou les lettres. C'est à la Cour que se font et se défont les réputations, et pour l'artiste comme pour le courtisan, hors de la Cour, c'est la mort sociale. Les codes mondains, l'étiquette ont une importance cruciale dans cette société où les notions de paraître mais aussi de bon goût sont essentielles.

Le siècle des saints

Le XVIIe siècle est désigné comme le siècle des saints. Sous l'influence de la Contre-Réforme*, la foi est fervente. Mais, si Louis XIV cherche à réaliser l'unité religieuse, la seconde moitié du siècle est néanmoins marquée par l'opposition entre jésuites* et jansénistes. Fondée en 1540 par l'Espagnol Ignace de Loyola, la Compagnie de Jésus exerce une forte influence par ses conseillers auprès des grands du royaume, dont Louis XIV, et par ses collèges réputés pour la qualité de leur enseignement. Quant au jansénisme*, il est plus récent, la doctrine du Hollandais Jansénius ne se répandant qu'après sa mort en 1638. Pour concurrencer les jésuites, les jansénistes créent les « Petites Écoles » de Port-Royal, où est formé Racine. Mais la lutte est inégale. L'influence des jésuites, dont la vision de la condition humaine est beaucoup plus séduisante, reste très supérieure. Selon eux, chacun est libre de faire le bien ou le mal, et d'être sauvé par Dieu. Pour les jansénistes, au contraire, Dieu n'accorde Sa grâce qu'à un petit nombre d'élus. Tous les autres hommes, en dépit de leurs efforts, sont voués à la damnation.

Les failles de l'édifice

Au fil du temps, le système érigé par Louis XIV se sclérose. Retirée à Versailles et éloignée des réalités du pays, la Cour est prisonnière d'une étiquette de plus en plus rigide. Mme de Maintenon y fait régner une grande austérité, et, sous son l'influence, le monarque cède à la dévotion. L'intolérance religieuse s'intensifie ; la lutte contre les jansénistes et les protes-

* *Cf.* Lexique.

Mme de Maintenon et les demoiselles de Saint-Cyr, gravure de 1715.

tants affaiblit l'économie et l'unité nationales. Enfin, les guerres incessantes – celle de la Ligue d'Augsbourg (1688-1697), puis celle de la Succession d'Espagne (1701-1714) – ruinent l'État.

Panorama des arts et des lettres

Le classicisme*

Par-delà la diversité des œuvres classiques, créées entre 1660 et 1685, toutes témoignent du même souci de sobriété, de rigueur et d'harmonie. Elles ont aussi pour référence les auteurs de l'Antiquité grecque et latine, estimés avoir atteint le sommet de leur art. La codification des genres littéraires, comme les règles sur la langue édictées par l'Académie française fondée en 1634 par Richelieu, ne visent qu'à répondre au goût du public. Rassemblant courtisans et lettrés, celui-ci est idéalement figuré par « l'honnête homme », raffiné et cultivé, sans pédantisme aucun, alliant l'élégance aux vertus chrétiennes.

L'importance du théâtre

Sous Louis XIV, la mise en scène, religieuse ou profane, est essentielle. C'est une société de la représentation qui se donne en spectacle, à elle-même et aux autres, notamment à travers les brillantes fêtes de Cour à Versailles.

Dans ce contexte, le théâtre est un genre essentiel. Art noble, il donne à voir et répand les belles manières et la langue de la Cour. Il est l'image que cette société se renvoie à elle-même. Aussi est-il l'objet d'une attention toute particulière. En 1637, *Les Sentiments de l'Académie sur « Le Cid »*, rédigés par Chapelain, définissent les choix de l'Académie. L'exigence de vraisemblance et les règles qui découlent de celle-ci, loin d'être des contraintes sans fondement, visent le plaisir du spectateur. Le respect des unités* de temps, de lieu et d'action garantit l'illu-

* *Cf.* Lexique.

sion théâtrale, tout comme la conformité du comportement des personnages avec leur caractère et leur statut. La codification n'est que le moyen de satisfaire les attentes du public

Les conditions de représentation

Jusqu'à l'installation de la Cour à Versailles, celle-ci est itinérante, et il n'y a pas à proprement parler de salle de théâtre. Dans les châteaux, des estrades suffisent. À Fontainebleau, une galerie est aménagée. Au Louvre, la Grande Salle accueille toutes sortes de festivités. Même Versailles ne possède pas de véritable salle consacrée au théâtre. D'ailleurs, les représentations ont lieu de préférence dans les jardins.

À Paris, la situation évolue peu à peu. Le palais Richelieu, rebaptisé Palais-Royal après la mort du ministre en 1642, offre une salle permanente « à l'italienne ». C'est la plus belle salle parisienne. Molière y est installé avec sa troupe, appelée d'abord « troupe de Monsieur » puis, en 1665, « troupe du Roi ». À la mort de Molière, en 1673, l'opéra lui succède. L'autre salle parisienne, plus ancienne, est celle de l'Hôtel de Bourgogne. En 1625, les « comédiens ordinaires du roi » s'y installent. À partir de 1647, cette « Troupe royale » a le monopole des représentations tragiques. Quant à la troupe du Théâtre du Marais, à laquelle Corneille a confié presque toutes ses pièces, elle perd de son importance.

En 1673, à la mort de Molière, sa troupe est dispersée. Les responsables officiels saisissent l'occasion pour réorganiser salles et troupes. En quelques années, de trois troupes Paris passe à une seule, qui réconcilie tragique* et comique : c'est, en 1680, la fondation du Théâtre-Français, ancêtre de la Comédie-Française.

Dans ces théâtres, la disposition « à l'italienne » prévaut. Scène et salle sont séparées par une rampe d'éclairage, les feux de la rampe. Dans la salle, le public est placé en fonction de son rang,

* *Cf.* Lexique.

debout dans le parterre ou confortablement installé dans les loges. Certains privilégiés ont même leur fauteuil sur scène.

Les ennemis du théâtre

Même si la Cour l'affectionne particulièrement, le théâtre est considéré par l'Église comme une école de vice et de volupté, et les acteurs sont condamnés pour immoralité et excommuniés. Certes, ce genre est étudié dans les collèges jésuites*, mais comme art oratoire et dans une production édifiante très surveillée. Les doctes même s'en méfient parce que, donnant à voir directement, il a un effet fort sur le public. Sous l'influence du jansénisme* et du rigorisme de Mme de Maintenon, les polémiques et les interdictions se multiplient. Après 1680, ce courant d'opposition l'emporte. En 1697, les Comédiens-Italiens, autrefois très appréciés du jeune monarque, sont expulsés de France. Le théâtre, y compris religieux, est mis entre parenthèses. Si Racine y revient, c'est pour deux tragédies bibliques jouées dans un collège religieux par des étudiantes.

Auteurs et œuvres

À l'apogée du classicisme*, dans tous les arts, se retrouve le même souci de pureté, de rigueur et d'harmonie. C'est le cas en peinture, comme en architecture. Le château de Versailles, conçu par les architectes Louis Le Vau (1612-1670) et Jules Hardouin-Mansart (1646-1708), est l'œuvre emblématique du règne de Louis XIV. Ses jardins à la française, dessinés par André Le Nôtre (1613-1700), sont une référence, tout comme la décoration intérieure, due à Charles Le Brun (1619-1690).

L'opéra prend son essor. À partir de 1673, chaque année, le compositeur Jean-Baptiste Lully (1632-1687) et le librettiste Pierre Quinault (1635-1688) en produisent. Le succès est immense, au point de concurrencer le théâtre. Le genre devient le préféré du roi.

* *Cf.* Lexique.

En littérature, le théâtre est indéniablement le genre privilégié. La comédie trouve ses lettres de noblesse avec Molière (1622-1673), tandis que la tragédie est dominée par Corneille (1606-1684) et Racine. Dans cette société qui aime le spectacle, les pièces à machines sont encore très prisées, tout comme la *commedia dell'arte* et la farce française.

La production poétique est abondante, et le genre est loin d'être délaissé. Mais c'est une poésie de salon, mondaine et ludique, sans nuance péjorative. Les *Fables* (six premiers livres parus en 1668) de La Fontaine (1621-1695) et les *Épîtres* (1674-1698) de Boileau (1636-1711) marquent la période.

Sous Louis XIV, le roman est un genre mineur qui connaît néanmoins un vif succès. Là aussi, la sobriété est de mise : récits brefs, intrigues linéaires, nombre de personnages réduit. D'ailleurs, on parle moins de *roman*, terme réservé aux romans fleuves de la période baroque*, que de *nouvelle* ou d'*histoire*. *La Princesse de Clèves* (1678) de Mme de Lafayette en est une illustration parfaite. Le roman épistolaire* ainsi que les contes de fées sont des genres également en vogue.

Au siècle des saints, la religion est une source d'inspiration constante pour les arts, et la littérature religieuse occupe une place de choix. Entre autres, on retient *Les Provinciales* et *Les Pensées* de Pascal (1623-1662), ainsi que les *Sermons* de Bossuet (1627-1704).

Enfin, en marge des grands genres, les pensées et les maximes, les lettres et les Mémoires offrent des cadres moins codifiés, favorables à l'expression personnelle. La Rochefoucauld, La Bruyère et Saint-Évremond expriment des *maximes*, des *pensées* ou des *remarques* morales. Le Cardinal de Retz et le duc de Saint-Simon écrivent des Mémoires, tandis que la princesse Palatine et la marquise de Sévigné rédigent leur correspondance.

* *Cf.* Lexique.

Racine en son temps

	Vie et œuvre de Racine	Événements historiques et culturels
1639	Naissance de Racine.	
1640		*Augustinus* du théologien Jansénius, à l'origine du jansénisme (publication posthume). Corneille, *Horace* (tragédie).
1641		Corneille, *Cinna* (tragédie).
1642		Exécution de Cinq-Mars, conspirateur contre Richelieu. Mort de Richelieu. Corneille, *Polyeucte* (tragédie). Pascal met au point la machine à calculer.
1643	Racine est recueilli par sa grand-mère.	Mort de Louis XIII. Régence d'Anne d'Autriche. Mazarin ministre. Corneille, *La Mort de Pompée* (tragédie) et *Le Menteur* (comédie).
1644		Corneille, *Rodogune* (tragédie).
1646		Rotrou, *Le Véritable Saint Genest* (tragédie).
1647		Vaugelas, *Remarques sur la langue française*.
1648		Fin de la guerre de Trente Ans. Signature du traité de Westphalie.
1649	Entrée aux « Petites Écoles » de Port-Royal.	Descartes, *Traité des passions de l'âme*.
1651		Scarron, *Le Roman comique*. Corneille, *Nicomède* (tragédie).
1652		Fin de la Fronde (1648-1652). Le pape condamne le jansénisme.
1653		Fouquet, surintendant des Finances.

	Vie et œuvre de Racine	Événements historiques et culturels
1654		Roman fleuve *Clélie* de Mlle de Scudéry (jusqu'en 1660).
1656		Pascal, *Les Provinciales*.
1659		Molière, *Les Précieuses ridicules*. Paix des Pyrénées, fin de la guerre d'Espagne.
1660	Ode en l'honneur du mariage du roi.	Les premiers cafés parisiens. *Œuvres complètes* de Corneille.
1661		Mort de Mazarin. Début du règne personnel de Louis XIV.
1662		Colbert est ministre. Sermon *Sur la mort* de Bossuet. Molière, *L'École des femmes*.
1663		Fondation de la Compagnie des Indes occidentales.
1664	Pension de Louis XIV pour quelques poésies écrites en son honneur. *La Thébaïde*, première tragédie.	Fouquet est disgracié. Interdiction du *Tartuffe* de Molière. La Rochefoucauld, *Réflexions, ou Sentences et Maximes morales*.
1665	*Alexandre le Grand*. Racine se brouille avec Molière et rompt avec Port-Royal.	Molière, *Dom Juan*.
1666		Molière, *Le Misanthrope*.
1667	Triomphe d'*Andromaque*.	Invasion de la Flandre.
1668	Unique comédie, *Les Plaideurs*.	Paix d'Aix-la-Chapelle. Début des *Fables* de La Fontaine.
1669	*Britannicus*.	
1670	*Bérénice*.	Corneille, *Tite et Bérénice*.
1672	*Bajazet*. Racine est élu à l'Académie française.	Guerre de Hollande. Molière, *Les Femmes savantes*.

	Vie et œuvre de Racine	Événements historiques et culturels
1673	*Mithridate.*	
1674	*Iphigénie.*	Boileau, *Art poétique.*
1677	*Phèdre.* Nommé historiographe du roi, Racine renonce au théâtre. Réconciliation avec Port-Royal et mariage.	
1678		Paix de Nimègue. Mme de Lafayette, *La Princesse de Clèves.*
1680		Création de la Comédie-Française.
1682		La Cour s'installe à Versailles.
1684		Mort de Corneille.
1685		Mariage secret de Louis XIV avec Mme de Maintenon. Révocation de l'édit de Nantes.
1687		Publication des travaux de Newton sur l'attraction universelle.
1688		Perrault, *Parallèle des Anciens et des Modernes.* La Bruyère, *Les Caractères.*
1689	*Esther*, tragédie d'inspiration biblique.	Dancourt, *La Parisienne.*
1691	*Athalie*, tragédie d'inspiration biblique.	
1692		Création du premier journal anglais.
1696	Racine achète une charge de conseiller-secrétaire du roi.	Mort de Mme de Sévigné et de La Bruyère.
1699	Mort de Racine.	Fénelon, *Télémaque.*

Schéma dramatique

Acte I (acte d'exposition) : une intrigue des passions

Scènes	Personnages	Progression dramatique
1	Oreste, Pylade	• Amour toujours vif d'Oreste pour Hermione. • Oreste s'est fait l'ambassadeur des Grecs auprès de Pyrrhus pour lui ravir Hermione. • Amour éperdu de Pyrrhus, bien qu'engagé avec Hermione, pour sa captive Andromaque. • Dédain d'Andromaque pour celui-ci.
2	Oreste, Pyrrhus	• Oreste demande l'exécution d'Astyanax, le fils d'Hector et Andromaque. • Refus de Pyrrhus.
3	Pyrrhus, Phœnix	• Pyrrhus révèle l'ennui que lui inspire Hermione.
4	Pyrrhus, Andromaque	• Pyrrhus informe Andromaque de la volonté des Grecs de faire périr son fils et lui offre sa protection. • Andromaque refuse à nouveau son amour. • Pyrrhus menace de sacrifier son fils Astyanax.

Acte II : tentatives pour sortir de la crise

Scènes	Personnages	Progression dramatique
1	Hermione, Cléone	• Trahie dans son amour, Hermione essaie de renoncer à Pyrrhus. • Hermione accepte de recevoir Oreste.
2	Hermione, Oreste	• Hermione apprend que Pyrrhus refuse de livrer Astyanax aux Grecs. • Hermione charge Oreste de le sommer de choisir entre elle et la captive.
3	Oreste *(monologue)*	• Oreste se réjouit d'obtenir enfin Hermione.
4	Oreste, Pyrrhus	• **Coup de théâtre :** contrairement aux espoirs d'Oreste, Pyrrhus décide de livrer Astyanax et d'épouser Hermione.
5	Pyrrhus, Phœnix	• En épousant Hermione, Pyrrhus ne cherche qu'à rendre jalouse Andromaque.

Acte III : le retournement

Scènes	Personnages	Progression dramatique
1	Pylade, Oreste	• Oreste décide d'enlever Hermione.
2	Hermione, Oreste	• Face à Hermione, Oreste ne laisse paraître qu'un « *modeste courroux* ».
3	Hermione, Cléone	• Hermione s'abandonne à la joie d'être aimée de Pyrrhus.
4	Andromaque, Hermione	• Andromaque supplie Hermione d'intercéder auprès de Pyrrhus pour sauver son fils. • Refus d'Hermione.
5-6	Andromaque, Pyrrhus	• Au désespoir, Andromaque implore à nouveau Pyrrhus.
7	Pyrrhus, Andromaque	• **Ultimatum de Pyrrhus :** Andromaque l'épouse et règne, ou son fils périt.
8	Andromaque, Céphise	• **Dilemme d'Andromaque.** • Elle va consulter le tombeau d'Hector.

Acte IV : les résolutions ultimes

Scènes	Personnages	Progression dramatique
1	Andromaque, Céphise	• **Décision d'Andromaque :** elle épousera Pyrrhus pour engager la foi de celui-ci envers son fils. • Puis elle se donnera la mort pour rester fidèle à Hector.
2 à 4	Hermione, Oreste	• **Décision d'Hermione :** elle ordonne à Oreste d'assassiner Pyrrhus lors de la cérémonie de mariage avec Andromaque.
5-6	Pyrrhus, Hermione	• Pyrrhus vient se justifier auprès d'Hermione, qui laisse entendre qu'elle se vengera.

Acte V : un dénouement sanglant

Scènes	Personnages	Progression dramatique
1	Hermione *(monologue)*	• Hésitations d'Hermione à se venger, déchirée entre son amour et sa haine pour Pyrrhus.
2	Cléone, Hermione	• Attitude glorieuse de Pyrrhus. • Doutes d'Oreste à exécuter l'ordre d'Hermione.
3	Oreste, Hermione	• Oreste annonce que Pyrrhus est mort. • Au désespoir, Hermione nie avoir jamais donné un tel ordre et chasse Oreste.
4	Oreste *(monologue)*	• Demeuré seul, Oreste réalise l'horreur de son acte.
5	Pylade, Oreste	• Pylade exhorte Oreste à fuir car Andromaque fait poursuivre les assassins de Pyrrhus. • Oreste apprend qu'Hermione s'est poignardée • Folie d'Oreste.

Genèse et sources

L'imitation des Anciens est un précepte classique*. En effet, ceux-ci sont jugés supérieurs et supposés avoir atteint le sommet de leur art. Mais *imitation* ne signifie pas « servitude », et d'ailleurs tout sujet doit être accommodé au goût contemporain.

Dans les préfaces de 1668 et 1676 (pp. 10-15), Racine mentionne ses emprunts à la poésie et au théâtre antiques. Ces sources nombreuses, grecques et latines, fournissent l'arrière-plan légendaire, les personnages et les principaux éléments de l'intrigue. Racine explique également les modifications apportées.

Inspirations antiques

Les sources grecques

Premier auteur à évoquer la guerre de Troie, le poète Homère (IXe s. av. J.-C.) relate dans l'*Iliade* l'origine du conflit et son déroulement jusqu'à la mort d'Hector. Les événements postérieurs sont présentés dans une seconde épopée*, l'*Odyssée*. L'essentiel de la scène 8 de l'acte III *d'Andromaque* s'inspire de l'*Iliade*. Les adieux d'Hector à Andromaque (v. 1021-1026) reprennent le chant VI (*cf.* pp. 96-97). L'allusion au cadavre d'Hector traîné derrière le char d'Achille autour des murailles de la ville (v. 993-994) ainsi que le récit de la chute de Troie (v. 997-1008) sont également issus de l'*Iliade*.

Le dramaturge Euripide (Ve s. av. J.-C.) a composé une *Andromaque*, à laquelle Racine emprunte deux personnages, Hermione et Oreste, ainsi que le récit du massacre de Néoptolème, alias Pyrrhus, par les Grecs. Dans *Les Troyennes* du même auteur, Racine trouve les lamentations d'Andromaque sur Astyanax promis aux Grecs.

* *Cf.* Lexique.

Les sources latines

Racine puise également chez les auteurs latins. Dans ses deux préfaces, il reproduit un passage de l'*Énéide* de Virgile (Ier s av. J.-C.). Ce sont les lamentations d'Andromaque captive. Dans cette version, elle a été attribuée à Pyrrhus, qui lui a donné un enfant, puis l'a cédée à son esclave pour épouser Hermione. À son mariage, Pyrrhus est assassiné par Oreste jaloux Sans doute Racine s'est-il aussi inspiré de l'*Énéide* pour la peinture par Andromaque de Pyrrhus en guerrier sanguinaire (III, 8). Mais, contrairement à Virgile, Racine garde Astyanax en vie et en fait un élément essentiel de l'intrigue.

Enfin, dans la préface de 1668, Racine fait allusion à *La Troade (Les Troyennes)* de Sénèque (Ier s. ap. J.-C.), mais pour se défendre d'avoir fait Pyrrhus aussi violent que cet auteur.

Goût classique*

Adaptation au goût moderne

En effet, même si certains contemporains ont regretté la brutalité de Pyrrhus envers Andromaque, Racine a considérablement adouci le caractère du personnage pour répondre au goût classique. Certes, Pyrrhus hérite du héros sanguinaire de la guerre de Troie, mais il gagne en galanterie. Tous les personnages sont d'ailleurs soumis à l'étiquette des comportements qui prévaut à l'époque.

Modifications de l'intrigue

En outre, pour rendre le dilemme d'Andromaque plus intense, Racine fait peser une menace non sur le fils qu'elle a eu de Pyrrhus par force, mais sur Astyanax, enfant d'Hector. Si, d'après Virgile, Astyanax a été tué par les Grecs, il est essentiel pour Racine qu'il reste en vie afin de servir le chantage de Pyrrhus, et

* *Cf.* Lexique.

parce que les larmes d'Andromaque n'en seront que plus vraisemblables.
Par ailleurs, le suicide d'Hermione est inventé, ainsi que l'ambassade d'Oreste et les exigences grecques, lesquelles donnent à la tragédie sa dimension politique.
Surtout, contrairement à ses prédécesseurs, Racine fait résider tout l'intérêt de la pièce dans les hésitations de Pyrrhus, le déchirement d'Andromaque et les souffrances d'Oreste et Hermione. Selon le précepte exprimé dans la préface (1670) de *Britannicus*, l'action, « *chargée de peu de matière,* [...] *n'est soutenue que par les intérêts, les sentiments et les passions des personnages* ».

Andromaque, première grande tragédie racinienne

En novembre 1667, *Andromaque* remporte un franc succès. En effet, cette tragédie répond au goût de l'époque. Elle est aussi la première tragédie où l'art de Racine s'affirme dans sa spécificité.

Le genre

Une tragédie selon les lois du genre

Par sa structure et ses thèmes, *Andromaque* répond aux attentes des contemporains en matière de tragédie. L'intrigue, développée en cinq actes, met en scène des personnages de haut rang, tous princes et princesses. Le sujet s'inspire de l'Antiquité grecque et latine, et l'histoire se déroule peu après la destruction de Troie par les Grecs.
Quant aux thèmes, *Andromaque* est avant tout une tragédie amoureuse. Mais le souvenir de la guerre de Troie, encore très vivant dans l'esprit des personnages, l'ambassade d'Oreste et les exigences grecques, la menace d'une seconde guerre confèrent à cette intrigue des passions une dimension politique.

Spécificité racinienne

Avec *Andromaque*, Racine donne sa première grande tragédie, et les éléments caractéristiques de son art sont déjà présents. Sur un arrière-plan violent et prestigieux – les lendemains de la guerre de Troie –, se déroule une intrigue la plus simple et linéaire possible. Tout repose sur le seul jeu des passions. Mais leur engrenage est inéluctable, et c'est avec une mécanique implacable que s'accomplit le destin qui menace les personnages dès le lever du rideau. La fatalité amoureuse est le ressort tragique* essentiel. Contrairement au théâtre de Corneille, la

* *Cf.* Lexique.

politique ne joue plus qu'un rôle secondaire et les personnages sont tous des héros déchus.

Mais le déchaînement des passions, si violent soit-il, est toujours représenté selon les codes de bienséance contemporains. Racine veut plaire et toucher, jamais choquer. La galanterie et la tendresse adoucissent la brutalité, et les héros font naître d'autant plus facilement la terreur et la pitié du spectateur. La pureté de la langue, sa maîtrise et sa beauté sont également des contrepoints essentiels à la violence. Certaines répliques sont de véritables chants poétiques.

Enfin, le strict respect des unités* d'action, de temps et de lieu est un moyen d'intensifier le tragique* et d'accentuer l'impression d'étouffement et d'urgence, tout en inscrivant la pièce dans les codes classiques*. Avant *Bérénice* et *Phèdre*, *Andromaque* est déjà une épure. Une action simple, mettant en scène peu de personnages, s'ouvre au plus près de la catastrophe finale. Enfermés dans un lieu clos, déjà pris au piège lorsque le rideau s'ouvre, les personnages sont menés inexorablement à leur destin.

La palette des registres*

Dans une tragédie, le registre tragique, qui montre l'homme dominé par des forces contre lesquelles il se bat en vain, est évidemment le mieux représenté. Dans *Andromaque*, il naît de différents procédés. Mais l'écriture racinienne convoque d'autres registres. C'est toute sa richesse.

Le registre tragique

Toute la tragédie baigne dans **une atmosphère de désolation**. Aux lendemains de la guerre de Troie, le souvenir des massacres reste très présent et les menaces de mort sont récurrentes. Dans les nombreuses allusions au conflit passé, le champ lexical* du

* *Cf.* Lexique.

sang est bien illustré (v. 314, par exemple). Les mentions des cendres d'Ilion sont fréquentes (v. 201, 330), ainsi que les références à une « *nuit cruelle* » ou « *éternelle* » (v. 997-998), la nuit où est plongée Troie disparue.

Les morts finales participent aussi de cette atmosphère tragique. Pyrrhus baigne dans son sang (v. 1518-1519). Hermione se poignarde et Oreste sombre dans l'« *éternelle nuit* » (v. 1640) de la folie. Avant ces morts, d'autres, tout aussi sanglantes, ont été envisagées : celle d'Astyanax, menacé par les Grecs et Pyrrhus, et le suicide d'Andromaque, après avoir assassiné Pyrrhus (v. 1245).

Sensible aux puissances d'écrasement qui pèsent sur l'homme, Racine renoue ici avec **la fatalité antique**. Entre tous, Oreste est marqué par cette fatalité. Fils d'Agamemnon, il appartient à la famille maudite des Atrides, sur laquelle s'acharne la colère divine depuis qu'Atrée, le fondateur de la lignée, a tué les fils de son frère Thyeste et les lui a fait manger. Dès la première scène, l'Oreste de Racine se présente comme la victime impuissante d'une fatalité qui s'acharne. Il est condamné à l'avance, parce que haï des dieux. Ne pouvant lutter contre son amour malheureux pour Hermione, il « *se livre en aveugle au destin qui l'entraîne* » (v. 98). Tout au long de la pièce, son discours s'en prend à la fortune ingrate. De manière récurrente, il se désigne comme un « *malheureux* », un « *coupable* » (v. 782). Après le meurtre de Pyrrhus, chassé par Hermione, il se donne comme une victime prédestinée (v. 1618-1619). Puis il sombre dans la folie et devient la proie des Furies, les « filles d'enfer ».

Hermione, la fille de Ménélas, est aussi une descendante des Atrides. En outre, elle a pour mère Hélène, à l'origine de la guerre de Troie. Ainsi, de manière certes moins évidente qu'Oreste, elle est désignée comme la victime des dieux. Aliénée par sa passion pour Pyrrhus, elle provoque sa mort, rend Oreste fou et se suicide.

Le tragique* naît également de **la passion amoureuse**. La puissance destructrice n'est plus extérieure, mais intérieure. Le personnage est l'artisan de son propre malheur. Dans *Andromaque*, comme souvent chez Racine, l'amour joue ce rôle de puissance absolue et dévastatrice contre laquelle il est vain de lutter. Tous les personnages sont prisonniers de leur passion : Oreste le premier, mais aussi Hermione cherchant à haïr Pyrrhus et ce dernier essayant de se guérir d'Andromaque, elle-même étant liée à son époux défunt. Chez Racine, l'amour altère l'être dans ce qu'il a de plus profond, annihile toute volonté même chez des héros guerriers, tel Pyrrhus. Dès lors, le destin s'accomplit par le seul jeu des forces psychologiques. Oreste, certes victime des dieux, a une évolution parfaitement cohérente du point de vue psychologique. Les deux explications de la folie d'Oreste sont loin de s'exclure, la fatalité antique pouvant d'ailleurs apparaître comme l'expression poétique d'une fatalité toute personnelle.

Essentielle au registre tragique, la passion amoureuse occupe toute la scène et possède chacun des personnages. Le souci de l'honneur ou l'ambition politique ont disparu. Pyrrhus, vainqueur de la guerre de Troie, apparaît davantage comme un meurtrier sanguinaire que comme un héros. Mais Racine précise dans sa préface que ces personnages, y compris Pyrrhus, ont une « *bonté médiocre* », au sens étymologique de « moyenne ». Ils sont loin d'être tout à fait mauvais, et le spectateur peut les « *plaindre* » sans les « *détester* ».

Le registre pathétique*

Chaque fois que le discours d'un personnage fait naître des émotions intenses, il est pathétique. Or Andromaque doit choisir entre son amour maternel et sa fidélité à Hector. Pyrrhus

* *Cf.* Lexique.

et Hermione alternent entre amour fou et fureur vengeresse. Oreste est partagé entre sa conscience politique et sa passion pour Hermione. Tous les personnages sont tiraillés, et donc pathétiques*. Andromaque est sans doute le personnage le plus touchant. Elle est une amante fidèle, vouée à un veuvage éternel. Elle est une prisonnière persécutée par son ennemi. Elle est enfin une mère dépossédée de son fils. Dans la scène 8 de l'acte III, l'une des plus pathétiques de la pièce, Andromaque oppose sa haine de Pyrrhus à son amour pour Hector et son fils. Hermione est également pathétique (v. 1423-1425 notamment). De tout son être, elle a aimé et aime encore Pyrrhus, et jusqu'au dernier instant elle est prête à pardonner. Mais elle est aussi une princesse fière, et son orgueil bafoué la fait souffrir autant que sa passion dédaignée. Entre amour et amour-propre, elle est déchirée.

Le registre lyrique*

Le registre lyrique, où s'expriment les sentiments intimes, est d'autant plus important que seules l'harmonie et la beauté des vers peuvent faire contrepoint à l'horreur tragique ou à l'émotion pathétique. Toujours discret, ce lyrisme n'en est pas moins remarqué et apprécié. C'est Andromaque se souvenant d'Hector ou se peignant comme une âme en peine, étonnée de l'amour de Pyrrhus (v. 301-302). C'est Hermione évoquant son amour heureux pour Pyrrhus ou, dans un transport de joie, louant celui qu'elle croit avoir retrouvé (v. 851-854). C'est Oreste fou de bonheur lorsqu'il pense enfin épouser Hermione (v. 597-602).

Les registres héroïque* et épique*

L'évocation des hauts faits de la guerre de Troie relève du registre héroïque. Les guerriers sont parés d'une force et d'une noblesse hors du commun, même criminelle lorsqu'il s'agit de

* Cf. Lexique.

Pyrrhus vu par Andromaque (III, 8) ou par lui-même. Dans le rappel par Andromaque des massacres de Troie (v. 997-1004), les champs lexicaux* du feu et du sang insistent sur la barbarie, et l'emploi récurrent du pluriel *(« nos palais », « mes frères morts », « des vainqueurs », « des mourants »)* amplifie le spectacle.

Quant au registre épique*, différent du précédent en ce qu'il fait intervenir le merveilleux, il apparaît au moment où Oreste sombre dans la folie. Le personnage voit alors les « filles d'enfer ». Cette vision clôt la pièce de manière à la fois grandiose et terrifiante. La dernière réplique de Pylade n'apporte qu'un apaisement relatif.

* *Cf.* Lexique.

Andromaque : une tragédie classique

Théâtre et classicisme*

L'adjectif *classique* qualifie les œuvres des années 1660 à 1685. Par-delà leurs spécificités, elles révèlent le même goût de la sobriété, de la rigueur et de l'harmonie. Ce goût, celui d'une époque pacifiée et prospère, contraste avec l'exubérance et l'irrégularité baroques* des années précédentes troublées par les conflits religieux et politiques. À présent, au théâtre en particulier et afin de mieux répondre aux attentes du public, les théoriciens s'attachent à définir les règles des grands genres. En 1637, *Les Sentiments de l'Académie sur « Le Cid »*, rédigés par Chapelain (1595-1674), exposent les nouvelles orientations en matière de dramaturgie*. L'exigence de vraisemblance et la règle des trois unités* qui en découle visent à garantir l'illusion théâtrale et le plaisir des spectateurs.
Par son inspiration, sa structure et son langage, *Andromaque* s'inscrit dans le classicisme en plein essor dans les années 1660. Racine respecte scrupuleusement les règles de la tragédie classique, non par souci de satisfaire les doctes, mais parce qu'elles sont pour lui un moyen efficace d'intensifier le tragique*, de toucher et de plaire. En accord avec son époque, après la profusion baroque, Racine préfère donc la sobriété et la pureté de la composition et du vers.

L'imitation des Anciens

L'imitation des Anciens, jugés supérieurs, est incontournable. En outre, le sujet choisi doit s'imposer comme véritable. Il est donc souvent puisé dans l'histoire, mais aussi dans la mythologie, qui,

* *Cf.* Lexique.

au même titre que l'histoire, fait autorité. Cependant, tout sujet doit être adapté au goût classique*. Racine respecte ce précepte et, sans trop s'éloigner de ses sources antiques, modifie des éléments de l'intrigue et adoucit certains caractères (*cf.* p. 175).

Exigence de vraisemblance et règle des trois unités*

Ainsi le spectateur doit-il avoir l'illusion qu'il assiste non à une représentation fictive, mais à une action véritable. La structure de la tragédie doit répondre à cette exigence de vraisemblance. Tout d'abord, le dramaturge doit rapprocher le plus possible la durée du spectacle de la durée de l'action représentée. Le spectacle de théâtre dure trois heures et demie environ, mais, devant la difficulté de respecter ce temps, la règle de l'unité de temps tolère une action se déroulant en vingt-quatre heures. *Andromaque* respecte cette règle. Dans les trois premiers actes, la durée de la fiction et celle de sa représentation coïncident parfaitement. Entre l'acte III et l'acte IV, des événements se produisent hors scène : Andromaque va se recueillir sur la tombe d'Hector. Aux actes IV et V, même si les événements se précipitent, le temps de la fiction et celui de sa représentation concordent.

L'action se déroule en un lieu unique, à Buthrote, dans « *une salle du palais* » de Pyrrhus. C'est un lieu neutre, de convention, où les personnages peuvent se rencontrer de manière vraisemblable et avec l'intimité nécessaire à leurs entretiens. Les allusions à d'autres lieux ne remettent pas en cause l'unité de lieu : l'endroit où demeure Astyanax (v. 260), le tombeau d'Hector (v. 1048), le temple de la cérémonie de mariage où meurt Pyrrhus. Le respect de cette règle n'empêche pas la création d'un arrière-plan, lequel contribue aussi à la vraisemblance de la

* *Cf.* Lexique.

représentation. Mais, en dépit de cet arrière-plan, la salle unique participe au resserrement tragique. Les personnages sont enfermés, prisonniers, dans un huis clos.

L'action, qui repose tout entière sur l'amour de Pyrrhus pour Andromaque et sur le dilemme de celle-ci, est unique. En effet, chacun des principaux acteurs se règle sur le choix de l'héroïne. Même l'amour d'Oreste pour Hermione, en apparence secondaire, entretient avec l'action principale des liens étroits. L'attitude de Pyrrhus conditionne le comportement d'Hermione et, par voie de conséquence, celui d'Oreste. Ce dernier, qui s'est fait l'ambassadeur des Grecs dans l'espoir de fléchir Hermione, devient l'instrument de la jeune fille lorsqu'elle décide de se venger de l'infidèle Pyrrhus.

Enfin, le nombre de personnages est réduit. Quatre personnages sont au centre de l'intrigue. Ils sont omniprésents, tandis que deux personnages essentiels sont absents de la scène : Hector, mort à la guerre, hante Andromaque ; Astyanax, prisonnier caché, entretient, comme Hector, le dilemme de l'héroïne.

Si Racine respecte aussi bien ces règles, c'est que le resserrement du temps et de l'espace, ainsi que la concentration du péril sont de sûrs moyens d'intensifier le tragique*.

La bienséance

La bienséance, qui veut que le comportement des personnages soit en accord avec leur statut, contribue à la vraisemblance. En interdisant toute violence ou mort sur scène, elle vise également à ne pas choquer le public. Ainsi, au dénouement, les épisodes sanglants sont-ils racontés par Oreste et Pylade. Pourtant, des contemporains ont reproché à Racine la brutalité de Pyrrhus envers sa captive, contraire à la galanterie d'un amant.

* *Cf.* Lexique.

Une langue épurée

Le vers racinien, sans recherche excessive, d'une grande pureté, participe de l'esthétique classique* et respecte les codes de bienséance contemporains.

En dépit de la violence des passions, les propos les plus rudes sont énoncés dans une langue parfaitement policée. Si les personnages s'oublient dans leurs passions, jamais leur langage ne s'égare. Toujours ils se donnent leurs titres de *prince, princesse, seigneur* ou *madame*. Pour désigner leurs emportements, ils ont recours à la litote, disant le moins mais laissant entendre le plus. Ainsi, la passion amoureuse est décrite par des mots et des images empruntés à la guerre : les « *feux mal éteints* » (v. 86) ou les « *feux redoublés* » (v. 95) d'Oreste pour Hermione, ou ceux de Pyrrhus pour Andromaque (v. 108, 320). Ce sont aussi les *fers* de l'amour qui privent l'être de liberté, l'asservissent à sa passion. Par une très belle image, Pyrrhus se décrit « *vaincu, chargé de fers, de regrets consumé* » (v. 319). Toutes ces métaphores* appartenant au lexique guerrier expriment la violence passionnelle, et, dans le même temps, leur caractère convenu adoucit cette violence.

La dernière scène offre un exemple parfait d'atténuation langagière. Lorsque Oreste sombre dans la folie, Pylade dit qu'« *il perd le sentiment* » (v. 1645). Le discours d'Oreste conserve sa structure. Les images, troublantes certes, gardent un sens, et ce sont des visions mythologiques, attendues et presque poétiques, qui expriment la terrible fin d'Oreste. Tout au long de la pièce, l'horreur, la brutalité demeurent contenues, à fleur de mots.

* *Cf.* Lexique.

Andromaque sur scène

À l'Hôtel de Bourgogne

En novembre 1667, *Andromaque* est jouée pour la première fois sur la scène de l'Hôtel de Bourgogne. Des acteurs prestigieux participent à cette première représentation : Floridor interprète Pyrrhus, Monfleury tient le rôle d'Oreste, Mlle des Œillets joue celui d'Hermione et Thérèse Du Parc celui d'Andromaque. La pièce remporte un vif succès mais on ignore le nombre de représentations à l'Hôtel de Bourgogne.

Au répertoire de la Comédie-Française

Dès 1680, l'œuvre entre au répertoire du Théâtre-Français (ancêtre de la Comédie-Française) et compte la Champmeslé parmi les interprètes d'Hermione. Depuis, la pièce est toujours restée au répertoire et est même l'une des tragédies de Racine les plus représentées. Ainsi, de 1680 à 1998, 1485 représentations ont été données, dont 626 pour le seul XXe siècle. À titre de comparaison, durant la même période, *Phèdre* ne comptabilise que 375 représentations. *Andromaque* demeure donc très appréciée au XXe siècle.

Des mises en scène marquantes

Les représentations à la Comédie-Française sont un indice sûr du succès de la pièce au fil des siècles. Mais d'autres théâtres ont accueilli *Andromaque*, tant la tragédie a séduit nombre de metteurs en scène. Parmi cette multitude de mises en scène récentes et fameuses, certaines retiennent plus particulièrement l'attention, par la célébrité de leurs metteurs en scène et des acteurs :

Andromaque (Ophélia Teillaud) et Céphise (Claire Lasne)
dans la mise en scène de Marc Zammit (1992).

– celle de Jean-Louis Barrault, en 1962, au théâtre de l'Odéon à Paris, dans laquelle il interprète le rôle d'Oreste et confie celui de Pyrrhus à Jean Desailly et celui d'Andromaque à Catherine Sellers ;
– celle d'Antoine Vitez, en 1971, au théâtre des Quartiers d'Ivry ;
– celle de Roger Planchon, en 1989, au Théâtre national populaire de Lyon, avec Richard Berry dans le rôle d'Oreste et Jean Reno dans celui de Pylade ; avec également Christine Boisson (Andromaque), André Marcon (Pyrrhus) et Miou-Miou ;
– celle de Marc Zammit, en 1992, au Théâtre national de Chaillot à Paris, lequel travaille toujours sur *Andromaque*, dans le cadre d'un atelier sur l'alexandrin destiné aux acteurs ;
– celle de Jean-Louis Martinelli, en 1998, au théâtre de Villeneuve-d'Ascq. Dans cette mise en scène, le décor est conçu comme une arène où sont jetés les personnages. Ceux-ci évoluent sur une longue langue de sable rouge. Leurs pieds nus s'y enfoncent, le bas de leurs vêtements s'y froisse, image de la violence régnant dans toute la tragédie. Les spectateurs sont installés de part et d'autre de cette bande de sable, et par cette disposition qui brise le traditionnel face-à-face entre la scène et la salle, un rapport de proximité est instauré. Très vite, le public se sent complice des acteurs. Cette mise en scène, qui recherche la simplicité et l'épure, privilégie l'émotion née du texte.

Un bref compte rendu de la première représentation permet de mieux comprendre les choix esthétiques du metteur en scène et leurs effets : « *Du sable, des mots, des corps. On découvre d'abord une surface de sable rouge entre deux gradins. Une aire de lutte ? une arène ? Un désert : une simple surface nue, ardue et qui ne fait pas de cadeau (la tragédie). Pas de machineries, très peu de jeux de lumières et très peu d'accessoires, un évident parti pris de classicisme* : on n'est pas là pour épater la galerie.*

* *Cf.* Lexique.

Et là-dessus, les mots de Racine. Trouble habituel pendant les premières minutes de reprises de contact avec les alexandrins, et puis, se construisant peu à peu, l'évidence d'une autre dimension : nous ne sommes pas là pour reproduire la réalité, et tant mieux. Et plus tard, pendant des heures, la petite musique intérieure qui continue et qui empêche de revenir trop vite dans le monde ordinaire.
Plus forts que les mots, parce qu'appuyés sur eux : les corps des comédiens. La plupart du temps une déclamation profonde et concentrée, dans une immobilité parfaite. Et puis, de temps en temps, une brusque fulgurance, un simple geste, une chute, quelques pas éperdus, et l'immobilité retrouvée, et les mots qui reviennent. Corps nu d'Oreste enfin, qui n'est que le point ultime d'une nudité omniprésente, celle du sable, celle des mots » (Claude Coquelle, dans « Témoignage des invités », le 21 janvier 1998, D.R.).

Daniel Mesguich

À plusieurs reprises au cours de sa carrière, Daniel Mesguich, acteur et directeur de troupes, s'est intéressé à *Andromaque* : en 1975, pour le Biothéâtre-Opéra ; en 1992, pour le Théâtre national de Lille-Tourcoing ; enfin, en 1998, pour la Comédie-Française.
En 1991, dans son livre *L'Éternel éphémère*, il développe un thème qui lui est cher : la question de la fidélité du metteur en scène au texte de théâtre. Il part du constat *« qu'à la différence des autres écritures, l'écriture dramatique* [...] *n'est pas finie ; que ces textes sont incomplets, qu'il leur manque, littéralement, leur destin : le théâtre ».* Ainsi la transmission de l'œuvre se fait par la mise en scène, aussi nécessaire au texte que les voyelles le sont aux consonnes, d'après une image de Daniel Mesguich. Le metteur en scène est comme un émetteur second, qui doit combiner la « littéralité » du texte et sa lecture relative qui va le

concrétiser sur scène. L'extrait suivant permet de mieux comprendre le rôle que celui-ci attribue à tout metteur en scène par rapport à l'œuvre théâtrale.

« Esprit de l'œuvre »

La vieille querelle faite à l'art de la mise en scène comme art de la lecture, à l'art du théâtre comme art de l'interprétation, ne repose en fait que sur une confusion plus ou moins volontaire.
Ceux qui se font les défenseurs du « texte » contre les « lectures abusives » (mais pour eux toute lecture est abusive) des metteurs en scène se font en fait les défenseurs non de la lettre du texte (cette querelle serait sans objet puisque la lettre, elle, reste), mais de ce qu'ils nomment aussi eux-mêmes très souvent l'« esprit » de l'œuvre.
Mais qu'est-ce, à la fin, que cet « esprit de l'œuvre » dont on nous rebat les oreilles, si ce n'est la seule opinion majoritaire, si ce n'est non pas « le texte », mais les idéologies qui l'encrassent : pensées qui ont été vivantes jadis, et actives sans doute, mais qui, aujourd'hui mortes, empêchent de leurs dépouilles les ouvertures de la lettre, empêchent de leur rigidité les fluidités infinies du sens ?
La lettre, en soi, ne pense pas, elle est accueil de pensées ; elle ne renferme pas d'« esprit », mais – s'il faut continuer d'employer ce mot – elle lui est ouverte, elle l'attend chaque fois.
Et le « vouloir dire » conscient de l'auteur [...] ne change rien à l'affaire : ce que pense l'individu Claudel de Partage de midi, œuvre désormais publiée, publique, donnée, n'est jamais que l'opinion d'un de ses lecteurs. [...]
Il s'agit, au théâtre, de donner la lettre dans toute sa matérialité, sa minéralité, son éloignement, il s'agit de faire entendre, oui, l'inhumanité de la lettre [...] – et puis, dans le même temps, un commentaire, humain, provisoire, dans toute son oralité, sa chaleur, sa proximité.
Il s'agit de donner l'absolu de la littéralité, la sécheresse de la consonne – et puis la relativité de l'interprétation, la soif de la voyelle.

Daniel Mesguich, *L'Éternel éphémère*, éd. du Seuil, 1991.

À l'occasion de sa mise en scène d'*Andromaque* pour la Comédie-Française, Daniel Mesguich livre sa lecture de la tragédie. Suivant ses préceptes, il a tenté de combiner cette interprétation toute relative avec la littéralité de l'œuvre.

Il était une fois

Mais, ces héritiers, nous ne feindrons pas de croire qu'ils aiment. Oui, je sais : ... Oreste (le fils d'Agamemnon) aime Hermione (la fille de Ménélas) qui aime Pyrrhus (le fils d'Achille) qui aime Andromaque (la mère d'Astyanax) qui aime Hector... qui est mort. Dit-on. Pourtant : amour fou, passion, comme le voudrait la doxa bourgeoise-et-romantique, c'est-à-dire scolaire ? ou langue empruntée *? Répétition – lavée de toute espérance – des paroles d'amour et de mort* déjà prononcées, *et usées* déjà, *par les pères et par les mères ?*
Au théâtre, nous ne savons pas si Hermione aime Pyrrhus ; nous savons seulement qu'elle le dit. Oui, comme mille fois devant elle, Ménélas, son père, a dit je t'aime à Hélène, sa mère – qui n'était plus là pour l'entendre. Et déjà, petite fille, Hermione pleurait, je crois. Quand ils parlent d'amour, ces enfants ne savent pas de quoi ils parlent. Cela ne les rend pas moins tragiques, n'est-ce pas ? Et quand ils parlent de mort, ils ne le savent pas davantage [...]. Et le massacre final – l'assassinat d'un chef d'État par une princesse et un grand ambassadeur – n'est qu'une singerie, presque à leur insu, de la vraie guerre, celle de Troie.

Les doubles

Le « personnage » de théâtre, comme vous, comme moi, n'est jamais seul, n'est jamais simple *; en relation, en lui, avec ce qui n'est pas lui, il traverse plusieurs rôles. Dans* Andromaque, *comme dans toutes les tragédies de Racine, chaque protagoniste est sans cesse accompagné de son « suivant ». Si l'on ne s'interroge pas, ou seulement paresseusement, sur cette particularité, on en vient généralement à considérer ces rôles comme ceux de serviteurs améliorés, confidents sans passion de grandes amours et de fiévreuses alarmes. Pourtant, ne sont-ils pas plutôt cette part sourde en chacun qui s'écoute soi-même et se répond ?*
Cette part blessée qui au grand jour reste muette et ne prend la parole que dans la secrète intimité du cœur ? Plutôt que des « suivants », ne sont-ils pas très exactement des doubles, inversés parfois, parfois identiques, de leurs « maîtres » ? Dès lors, ne faut-il pas considérer qu'il y a, par exemple, (au moins) deux Hermione, dont l'une est appelée Cléone ? Deux Pyrrhus, dont l'un est appelé Phœnix ?... Deux Hermione, comme métaphore théâtrale d'une Hermione toujours inachevée. Hermione, fatiguée par la suite infinie de ses Hermione, est un nom qui n'existe qu'au pluriel. Elles sont là, toutes deux, sur la scène, l'une par l'autre « irréalisée » ; le « double » d'Hermione appelé Cléone permet qu'Hermione se lève-assise, s'assoie-debout. Entre ces deux Hermione, entre ces deux actrices, dans l'espace qui les sépare, entre la*

* *Cf.* Lexique.

Hermione (V. Vella) et Andromaque (C. Mathieu) face à leurs confidentes Cléone (S. Mesguich) et Céphise (G. Delattre), mise en scène de D. Mesguich (2001).

course et la prostration, toutes les Hermione du livre sont là, offertes, invisibles. Écoute « en creux », écoute ouverte du livre ouvert.

Daniel Mesguich, « À propos d'*Andromaque* »,
pour la mise en scène de la Comédie-Française, 1998, D.R.

Compte rendu critique de Christophe Gervot

Suite à cette représentation, un compte rendu critique de Radio France nous permet de mieux comprendre le travail de Daniel Mesguich à partir du texte d'*Andromaque*.

*Un cadre de scène incliné et arraché du sol : l'*Andromaque *de Daniel Mesguich débute par cette vision dissonante d'un théâtre qui refuse de se prêter au jeu. Une vertigineuse mise en abyme.*

Après ses relectures passionnantes de La Vie parisienne *d'Offenbach et de* La Tempête *de Shakespeare, Daniel Mesguich est de retour salle Richelieu* [salle de la Comédie-Française] *où il signe une mise en scène pour* Andromaque *d'une profonde intensité – nouvelle étape dans son questionnement du théâtre : en démontant ses mécanismes, il atteint une vérité plus éclatante des sentiments. Le cadre de scène de la Maison de Molière, immuable et rassurant, se voit ici détourné de sa fonction première ; une troublante mise en abyme lui confère la fonction d'un miroir déformant. Le voici transplanté sur le plateau, arraché du sol, étendu, renversé, pareil à ces vestiges antiques qui jonchent une terre abandonnée – la mémoire d'un effondrement. Le théâtre à l'italienne est devenu un élément du décor, où les protagonistes se trouvent en équilibre, avant la « chute libre ». Ce dispositif scénique accentue les dissonances, les fractures et les blessures de cœurs qui ne se maîtrisent plus. Le théâtre déborde, son cadre semble trop étroit pour raconter ce que nous nommons de manière réductrice la chaîne des amours impossibles. La passion dévastatrice devient déchirement, déflagration. Le spectacle est embrasement, des flammes le traversent, qui semblent échappées du regard de l'être aimé – un regard mortifère. Lorsque Pyrrhus dit à Andromaque :* « Vous craignez de devoir quelque chose à ma flamme », *c'est le théâtre tout entier qui se consume (le feu est un motif récurrent dans le travail de Mesguich).*

Le metteur en scène insuffle une folie baroque au texte de Racine. La confidente Cléone (émouvante Sarah Mesguich) devient le double d'Hermione, son miroir exact :

*ce jeu met à nu la solitude de l'amante éconduite, qui semble être condamnée à une longue suite de monologues ininterrompue. Véronique Vella, qui incarne ce rôle incandescent, est certainement la révélation du spectacle. Sa dernière scène de désespoir amoureux, où elle retrouve les accents de l'enfance, est saisissante : après avoir percé un cœur qu'elle n'avait pas su toucher, elle se retrouve assise à terre, telle une petite fille, face à un miroir qu'elle ne peut pas regarder en face. L'ultime scène – de la folie d'Oreste – est traversée par une fureur dévastatrice particulièrement éprouvante. Cette vision d'*Andromaque *est fascinante ; on sent chaque interprète habité, investi du propos de Daniel Mesguich : la métaphore* d'un théâtre qui refuserait de se prêter au jeu illustre les passions contrariées – un cadre de scène incliné et arraché du sol.*

Christophe Gervot, compte rendu de la mise en scène de Daniel Mesguich, Radio France, 1998. D.R.

* *Cf.* Lexique.

Lexique d'analyse littéraire

Aspect (d'un verbe, d'un temps) Manière dont la forme verbale présente l'action, le point de vue dont est envisagé son déroulement : aspect accompli / non accompli, aspect global / sécant, et selon le sens du verbe et le contexte : aspect perfectif / imperfectif, aspect semelfactif (une fois) / itératif et duratif.

Baroque Dans la période allant de 1570 à 1660, les œuvres baroques cultivent l'irrégularité et le mouvement ; elles fuient toute règle esthétique.

Champ lexical Ensemble des termes et expressions exprimant une même notion.

Classicisme, classique L'Antiquité et le XVIIe siècle considérés du point de vue de leurs productions littéraires et artistiques.

Contre-Réforme Mouvement né au sein de l'Église catholique, pour réduire les abus du clergé et empêcher que les fidèles épris de pureté ne se tournent vers le protestantisme et la Réforme.

Dramatique Du grec *drama*, « action » ; relatif au théâtre, tant comique que tragique.

Dramaturgie Art de la composition dramatique.

Épique (registre) Registre qui se distingue du registre héroïque par la présence de merveilleux.

Épistolaire Qui a rapport à la correspondance par lettres.

Éponyme Qui donne son nom à. Le héros éponyme donne son nom à l'œuvre *(Phèdre)*.

Épopée Long poème célébrant un héros ou un haut fait historique ; la légende se mêle souvent aux événements authentiques.

Figure, procédé de style Procédé stylistique employé dans un texte, tel que l'hyperbole, l'accumulation, la métaphore, l'antiphrase...

Héroïque (registre) Qui donne aux faits et aux personnages une force inhabituelle.

Jansénisme Du nom de Jansénius, théologien hollandais (1585-1638), auteur de l'*Augustinus* publié en 1640, ouvrage qui restaure la pensée de saint Augustin (354-430) ; le jansénisme est une doctrine sur la grâce et la prédestination : Dieu décide seul des âmes qu'Il veut sauver, le libre arbitre et les mérites de l'homme n'y ont aucune part. Le jansénisme a donné naissance à un mouvement intellectuel et religieux austère.

Jésuite Fondée en 1540 par l'Espagnol Ignace de Loyola, la Compagnie de Jésus est un instrument de la réforme catholique. En France, on lui reproche son implication politique et sa soumission à Rome. Mais la valeur de son enseignement est reconnue et la doctrine jésuite, indulgente pour les erreurs humaines, est appréciée.

Lyrique (registre) Qui exprime des sentiments intimes.

Métaphore Comparaison sous-entendue, souvent imagée.

Pathétique (registre) Qui privilégie les émotions intenses.

Procédé de style Voir *Figure de style*.

Registre Manière dont une œuvre littéraire fait percevoir le réel ; principaux registres : comique (et ses nuances), didactique, épique, fantastique, lyrique, mythique, pathétique, polémique, réaliste, romanesque, tragique.

Rhétorique (figure de) Figure qui concerne la composition d'un discours, dans le but de convaincre ou de plaire.

Tragique (registre) Dans ce registre, l'homme prend conscience des forces qui pèsent sur lui et l'accablent.

Unités (règle des trois) À partir de 1630, au théâtre, s'imposent les règles d'unités d'action, de lieu et de temps : qu'en vingt-quatre heures, en un seul lieu, une action unique se noue et se dénoue.

Bibliographie, filmographie

Bibliographie

Sur Racine et son œuvre

– R. Barthes, *Sur Racine*, éd. du Seuil, 1963.
– P. Bénichou, *Morales du Grand Siècle*, « Racine », coll. « Folio Essais », Gallimard, 1948 (pp. 175-209).

Sur le contexte historique et culturel

– M. M. Fragonard, *Précis d'histoire de la littérature française*, coll. « Faire lire », Didier, 1981.
– R. Zuber, M. Cuénin, *Littérature française* (t. 4 : « Le Classicisme »), Arthaud, 1991 (chap. XV : « Racine », pp. 285-313).
– *Les Mouvements littéraires du* XVIe *au* XVIIIe *siècle*, coll. « Profil : histoire littéraire », Hatier, 2001 (n°s 252-253).

Pour mieux lire le théâtre

– C. Delmas, *La Tragédie de l'âge classique : 1553-1770*, éd. du Seuil, 1994.
– G. Forestier, *Introduction à l'analyse des textes classiques*, coll. « 128 », Nathan Université, 1993.
– M. P. Schmitt, A. Viala, *Savoir lire*, Didier, 1982.
– M. Viegnes, *Le Théâtre : problématiques essentielles*, coll. « Profil : histoire littéraire », Hatier, 1992 (n°s 151-152).

Filmographie

– G. Ferroni, *La Guerre de Troie*, 1961.
– M. Cacoyannis, *Les Troyennes*, 1971.

Crédits photographiques

p. 4 : photo Photothèque Hachette. **p. 5 :** Élisa Félix, dite « Rachel », dans le rôle d'Andromaque, gravure du XIXe siècle, photo Photothèque Hachette. **pp. 8, 10, 13 :** Andromaque aux pieds de Pyrrhus, gravure de Velyn d'après Girodet, photo Photothèque Hachette. **pp. 17, 24, 26, 47, 52, 54, 75, 93, 96, 103, 114, 116, 131, 144, 146 :** Mlle Sainval (Andromaque) et M. Molé (Pyrrhus), gouaches de Fesch Whirsker, photo Photothèque Hachette. **p. 23 :** photo Marc Enguerand. **p. 46 :** photo Agence Bernand. **p. 61 :** photo Mario Del Curto / Enguerand. **pp. 65, 90 :** photos Marc Enguerand. **p. 95 :** *Hector et Andromaque* (détail) par Lemoyne, musée d'Orléans, photo Photothèque Hachette. **p. 99 :** photo Photothèque Hachette. **p. 111 :** photo Marc Enguerand. **p. 122 :** photo Bridgeman Art Library. **pp. 136, 152, 163 :** photos Photothèque Hachette. **p. 188 :** photo Marc Enguerand. **p. 193 :** photo Pascal Gely / Agence Bernand.

Conception graphique
Couverture : *Laurent Carré*
Intérieur : *ELSE*

Mise en page
MCP

Achevé d' imprimer en Italie par Rotolito Lombarda
Dépôt légal : Novembre 2016 - Edition 10 - 16/9120/3